ラルーナ文庫

仁義なき嫁　星月夜小話

高月紅葉

三交社

CONTENTS

Illustration

高峰 顕

仁義なき嫁　星月夜小話

本作品はフィクションです。
実際の人物・団体・事件などにはいっさい関係ありません。

星影のエチュード〜15年前〜

雪の中にある小さな山小屋は、いつ訪れても人の気配がする。

毎日のように空気を入れ替え、掃除も行われているからだ。

バカラのグラスにウィスキーを入れ、悠護《ゆうご》はリビングの入り口にもたれた。部屋の中央には大きなソファセットが置かれ、奥には暖炉がある。カーテンや絨毯《じゅうたん》は冬仕様で、来週にはクリスマスツリーを入れると管理人から言われた。おそらく今年も、眺められない。

明日にはヨーロッパに戻って、クリスマスパーティーのハシゴが始まる。

去年の冬。なにも知らなかった悠護は、この別荘を周平《しゅうへい》に貸した。

結婚なんてするはずのない男が身を固める覚悟をしたと聞き、本命相手にどんなセックスをするのかと、設置済みの隠しカメラで覗《のぞ》き見をしてやるためだ。

その夜の映像は、ソファ脇《わき》のラップトップデスクに置いたタブレット端末の中にある。

スイスのリゾートで生中継を愉《たの》しませてもらったが、所詮《しょせん》は隠し撮りに過ぎない。相手の顔ははっきりと見えなかったし、声も録音しなかった。そこまで悪趣味じゃない。

手にしたグラスの中身を舐《な》めるように飲み、悠護はため息をつく。

ソファに戻って、タブレットの画面に触れた。

もし、相手を知っていたら、無音での録画を選んだろうか。

心の中がじくじくと痛み、酒をあおる。喉《のど》が焼けるように熱くなり、眉《まゆ》をひそめた。

本当のところはわからない。

偶然の再会だったからこそ、忘れられない女の正体が、『男』だと言われても受け入れることができた。本名さえはっきりしない『美緒《みお》』を探し出すことは不可能に近く、それでも女がひとりで生きていくのは大変だろうと思い、心のどこかでいつも気にかけていた。

愛した女が不幸になるのは忍びない。たとえ誰《だれ》のものになっていても、困窮しているなら救ってやるつもりでいた。その思いだけで、おそらく、自分はいままで生きてきた。

「それがなぁ、まさかね」

笑いながら、再生ボタンを押す。

音もなく流れる映像の中で、周平の手が相手の髪を撫《な》でる。感じさせるためのあくどい手管ではなく、ただ、そうしたくてたまらないからする動きに、悠護の胸は疼《うず》いた。

去年の冬は、笑いながら見ていたのだ。

悪魔のような手管で女をたらしこむ百戦錬磨の男が、たったひとりの男に対して全身全霊を傾けるさまは、ベルギー製のチョコレートよりもなお甘く、高級なアルコールの味を引き立てた。しかも相手はどこまでもぎこちなくて、あと一歩が踏み込めない周平の内心が読めるだけにおもしろかった。

それが、いまとなっては胸に苦しいだけの映像になっている。

かつては美緒だった佐和紀《さわき》の腕が宙を掻《か》き、快感を持て余しながら周平の身体《からだ》に触れる。その遠慮がちな動きこそが美緒そのものを連想させ、悠護は目を閉じた。

不思議な気がする。女だと思っていたから、誰と恋をしていてもいいし、結婚して子どもがいても、ふたりの記憶だけは美しく横たわるのだと信じていた。互いの幸福を妨げず、現在の暮らしを守ってやるつもりだったのに。あの頃と変わらないキツイまなざしで見据えられ、周平が好きだと言われるたびに胃の奥はキュッと痛んだ。

男を抱く趣味はない。惚《ほ》れていた相手が男だとわかっていた時点で、終わってしまえばいいだけの話だ。なのに、心が自分自身を裏切ってくる。

周平より早く出会っていたのに、どうして、俺のものじゃないのか。

脳裏に、大滝《おおたき》組で覗き見たふたりのセックスが甦《よみがえ》った。映像の中に残されたぎこちなさはすでになく、愛し合うふたりは濃厚に絡み合い、男同士のセックスだとわかっていても悠護を興奮させた。

グラスを傾け、ソファに深く沈み込む。十五年は遠い。でも、何度も思い出した過去は、古びているからこそ、悠護にとってはかけがえのない記憶だった。

＊＊＊

その少女と出会ったのは、場末のスナックだ。

お仕着せの和服と濃い化粧。知り合いに連れてこられた悠護には初め、その魅力が理解できなかった。その場を盛りあげるための会話をするでもなく、お人形のように座っているだけだから、ケラケラと陽気に笑うホステスの方が何倍もとっつきやすかった。

でも、ふと笑った瞬間の赤いくちびるがあどけなくて、それに気づくと、目が離せなくなる。魅力があるのは事実で、酒焼けしているわけでもない低い声もまた、媚《こび》を売らない彼女の、凜《りん》とした印象を裏付けていた。常連のおっさんたちは夢中だった。

「俺、もう帰ります。これ以上、飲めませんって！」

へべれけな振りをした悠護は、顔の前で手を振る。初老の男が、ガハハハとがさつに笑った。

「どうせ、明日も暇なんだろう。もう一軒行こう」

「いや、無理ですよ。ってか、暇じゃないです」

「おやっさん。悠護さん、困ってますよ」

二十代後半の若い男が、悠護に絡むオヤジをなだめる。

「すみませんね。男のお子さんがいないもんですから、張り切っちゃって」

「いえ、こちらこそすみません。最後まで付き合えればいいんだけど」

「かまいませんよ。しょっちゅう付き合ってもらってますし。これに懲りず、またよろしくお願いします」

「いえ。こちらこそ」

頭を下げ合う。

「ご自宅まで送らせましょう」

「あ、歩きます」

「それは……。通りで、タクシー拾ってください」

「大丈夫なんだけどなぁ」

「お願いしますよ」

困り顔を見せた男が、折りたたんだ紙幣を悠護のポケットにねじ込んだ。それから、

『おやっさん』と呼んだ男を促す。

「それじゃ、失礼します。ご自宅に着かれたら、コール入れてください」

「はい。それじゃ」

会釈を交わし合って、おやっさんと数人の取り巻きを見送った。

刑務所から出て一年。それまで預けられていた大阪の組には戻れず、実家に戻る気にも

なれなかった悠護は、父親の兄弟分が組長をしている静岡の組で世話になっていた。

とはいえ、マンションの部屋と日々の生活費を与えられ、こうして飲み歩く以外は放置状態だ。だから、『明日も暇』に間違いはない。

タクシーを捕まえるために大通りへ向かった悠護は、路地裏で揉《も》み合う人影に気がついた。自然と足が止まる。

終電も終わり、日付の変わった繁華街だ。酔っぱらい同士のケンカも珍しくはない。でも、数人の男と揉み合う人影が肩より長い髪をしていたら、それは普通じゃないだろう。

ときどき、いるのだ。遅くまで遊び歩いている女の子になら、なにをしてもいいと思う野獣のような不届き者が。

殴り合いは得意じゃないが、女の子を見捨てるのも忍びない。世話になっている組の名前を出して追い払うのは常套《じょうとう》手段だ。今回もそのつもりで、悠護は裏路地に足を踏み込んだ。

抵抗しながら引きずられる女の子を追いかけ、薄汚い道を急ぐ。スナックの客ががなり立てるように歌うカラオケが響き、生ごみの匂《にお》いが暗い景色に淀《よど》んでいた。裏路地のどんよりとした雰囲気だ。

「嫌がってるだろ。やめてやれよ」

声をかけると、男たちが勢いよく振り向いた。

「……あぁ？　なんだ、おまえ。やるのか？」

絵に描いたようなチンピラにぐいぐい詰め寄られ、悠護はため息をつく。

「やってもいいけど……」

答えながら、ポケットを探った。小型のスタンガンを携帯しているのは、さすがに拳銃というわけにいかないからだ。取り出してスイッチを入れると、薄闇《うすやみ》で電流が光る。

「これさ、小さいけど、けっこうすごいんだよ。味わってみる？」

ぐいっと腕を突き出す。

「もう警察呼んでもらってるから」

女の子に向かって嘘《うそ》をついた。男たちには効果テキメンだ。

「くっそ。覚えてろよ……っ。行くぞ！」

仲間に声をかけ、酔っぱらいたちは足をもつれさせながら走り去る。

「覚えてるわけねぇだろ。バーカ」

スタンガンを宙に投げ、くるっと回って落ちてきたのをすかさず摑《つか》む。ポケットに戻して、髪の長い女の子へ向き直った。

「ケガしてない？」

ゆとりのあるシルエットのジーンズにチェックのシャツを着た姿は、酔っぱらいが目をつけるほどセクシーな格好じゃない。

でも、理由はすぐにわかった。髪に隠れてよく見えなかった顔が露《あら》わになったのと同時に、悠護は思わず息を呑《の》む。ついさっき、その子は薄暗いスナックの隅っこで客の水割りを作っていた。えんじ色の着物で、すとんと座っていたのだ。

「美緒、ちゃん……」

呼びかけると、相手は小首を傾《かし》げた。

「さっきまで、君の店にいたんだ」

「お客さん……。すみません、ありがとうございました」

こんなにきれいな顔をしていたとは思わなかった。厚化粧の人形も、化粧を落とせば愛らしいひとりの少女だ。しかも、あどけない美少女だった。

酒を一滴も飲まないから、未成年なのかも知れないとは思っていたが、想像以上に幼く見える。

「とにかく行こう」

立ちあがって腕を引くと、素直についてきた。

「ケガはない？」

「大丈夫です。本当に」

「ならいいけど。なぁ、歳《とし》はいくつ？　十八にもなってないだろ」

「二十二歳」

「嘘つけよ。俺より上なわけないだろ」

「このこと、店には言わないでくれる？　お客さんに迷惑をかけたら、クビになるかも」

「ならないだろう。君を目当てに通ってる客もいるんだし」

悠護が世話になっている『おやっさん』もそのひとりだ。今日も美緒の気を引くため、新しいボトルをキープしたばかりだった。

「でも、知られたくない」

「大丈夫。言わないから」

誰にでも秘密はあるものだ。ヤクザの家に生まれた悠護も嘘のつき通しだった。

「家まで送るよ、どこ？」

「歩いて、帰れる……から」

自分の腕を摑む悠護の指に眉をひそめ、美緒は身をよじらせた。乱れた長い髪が首筋にまとわりつくのを、めんどくさそうに指で払う。

「送り狼《おおかみ》になんてならないよ。まぁ、心配ならタクシーで帰って。奢《おご》るから」

「本当に近いんだ。同じ店の女性《ひと》と暮らしてるし……」

「いいって。さっき、先輩から金もらったからさ」

タクシーを呼び止め、ポケットの中の万札を握らせながら後部座席に押し込む。

「その代わり、今度、デートしてよ」

ドアを閉める前に声をかける。

見あげてくる美緒は、いいともいやとも言わなかった。


秋が近づく夜は風の音も静かだ。

繁華街の端っこに、申し訳程度の大きさで作られた公園の柵《さく》に座り、悠護は煙草《たばこ》を喫《の》んでいた。赤い火をちらつかせた先端から、細い煙が空へあがる。

そして、吐き出す煙は拡散した。酔いがわずかに残る頭を振り、にぎやかしい街に目を向ける。時計を見る気にはならなかった。

もうじき、と繰り返す心が逸《はや》るのを抑え、煙を吸い込む。

今夜も美緒は店の隅で静かに座っていた。空になったグラスを引き寄せ、のんびりとした仕草で氷を入れる。それからたっぷりめにウィスキーを注ぎ、濃い水割りを作る。

受け取ろうと待ち構える男がわざと指に触れようものなら、怒ったように眉を吊《つ》りあげ、一息つき、たしなめるように睨《にら》む。

いままで気にかけてもいなかったことを気にしてみると、美緒のそんな仕草は、凜とした外見に見合っているようでいて、そうじゃなかった。お高く留まった雰囲気とは裏腹に、いちいちが愛らしく、隣に座った男を自分だけは特別だと勘違いさせるなにかがある。

水割りを渡すそっけなさに隠れたアイコンタクトもそうなら、くだらない与太話に静かにうなずくところも。思わぬことを覚えていて、相手を喜ばすところもだ。

そのくせ、指の一本でも触ろうものなら、厳しい目で睨まれ、つまみあげられる。

そんなやりとりを離れた席で眺めながら飲んだあとで、悠護は店を出た。約束はもうできている。店が終わってから落ち合うのも、初めてじゃなかった。

吸い終わった煙草を背後に投げ捨て、新しい一本に火をつける。繁華街の方へ目を向けると、こちらに向かって歩いてくる姿があった。ポニーテールにした長い髪を後頭部でおだんごにまとめ、トレーナーの前ポケットに両手を突っ込み、くわえ煙草で歩いてくる。

自分が女であることをまるで意識してない美緒は、そのままのんびりと歩を進めながら片手を挙げた。悠護も手を挙げて返す。

「おまたせ」

化粧を落とした顔は、それでもじゅうぶんにきれいだ。切れ長の瞳《ひとみ》に長いまつ毛。落とし切れていない口紅がかすれて残っている。

「んー。待った、待った。美緒、腹減ってる?」

「うん」

「なに、食いたい」

「ラーメン」

「この前も、ラーメンだっただろ」

「でも、ラーメン」

「はいはい。ってか、アフターなら、もっといいもの食えるのに」

「……やだよ。めんどくさいもん」

「俺とは面倒じゃないの？」

歩き出しながら聞くと、美緒はむっすりと押し黙る。

恋の駆け引きとしてはごく普通のレベルなのに、まるでつれない反応だった。友達としてなら付き合えると、すでに振られてはいたが、悠護はまだあきらめていない。

この土地での知り合いが少ない者同士、つるんでいるうちにうっかりすることもあると思うからだ。その証拠に、肩に手を回しても、文句は言われなかった。美緒の身体は肉が薄くて骨張っている。瘦《や》せすぎだ。

「ラーメン食ったらさ。俺の家でビデオ、見ようか。この前の続編」

「いいけど……。泊まるって連絡しないと」

「俺の家から、留守番電話入れておけばいいだろ」

「うん……。けど」

「なに？」

「彼氏ができたとか、からかわれてるから……嫌なんだよな」

美緒はくちびるを尖《とが》らせた。

「いいじゃん。べつに」

嫌と言われ、悠護の心はショゲた。でも、無理に奮い立たせて答える。

「誤解させとけばいいって。いちいちムキになるから、余計にからかわれるんだ」

「……ムキになんか」

と、答える口調がすでにムキになっている。

「おまえが若いから、心配してるのかもな。悪い男に引っかかってんじゃないかって……。いや、おっさん転がして、悪いことしてんじゃないか、ってとこか」

「なんで！」

「今日も店でモテまくってただろ。佐伯《さえき》のじいさんにいくら使わせた？」

「……勝手にボトル入れまくっただけだろ」

「毎回、花束持ってきてるって、他の子から聞いた」

「老い先短いから、好きなようにさせてやれってママが言うんだよ」

「まぁ、そうらしいけど。金を残しても子どもたちに回るだけだって言ってるんだろ？」

「嫁には行かないから」

「まだなにも言ってない」

「みんな、言うんだよ。後妻に入れば金になるって。冗談じゃねぇよ」

「口が悪いな」

ときどき地が出る美緒は、ふくれっ面で煙草をふかす。相当複雑な育ちをしてきたことは、荒れた言葉や行動の端々から知れた。

「まぁ、ジジイと結婚するぐらいなら、俺としようや。な？」

肩に回した手に力を入れると、美緒の足元がふらつく。その身体を胸で受け止め、人気のない道ですかさず顔を近づけた。

「ヤダって！」

バチンと頬《ほお》をぶたれる。悠護は顔をしかめて身を引いた。軽いキスなら許される日もある。毎回とはいかないのが、難しいところだ。

「もう近づくな。バカ！」

罵《のの》られているのに不思議と陽気な気分になって、悠護は美緒のあとをついて歩いた。いつも、この調子だ。気楽な会話と、きわどさスレスレのやりとり。友人と恋人の間にある針は、なかなか恋の方へ振れてくれない。

美緒が気に入っているラーメン屋まで無言で歩き、店内でも少しだけ会話をした。それから、悠護のマンションへ向かう途中でレンタルビデオ店に寄る。

マンションの部屋の鍵《かぎ》を開けると、何度か来たことのある美緒は、警戒心も遠慮もなく、さっさと中へ入っていった。

「ゴーちゃん。服、貸して。シャワー浴びてくる」

1LDKの部屋の真ん中で、ポケットから煙草と百円ライターを取り出し、テレビ前のローテーブルに置いた美緒が振り返る。ソフトパックの煙草とビニールカバーの間に千円札が挟まれていて、繊細な顔立ちからは想像できないぐらいにがさつだ。

ひとり暮らしの男の部屋に来て、早速シャワーを浴びたがるのも、がさつと言えばがさつだろう。男としては、誘っているんだろうと思いたくもなる。

「俺も一緒に入っていいか」

隣の部屋からスウェットの上下を持って出ると、受け取った美緒は眉をひそめた。

「狭いからヤダ」

「……狭くなかったらいいのかよ」

悠護の切り返しに、ふと黙り、

「……ダメ」

つんっとあごをそらして脇を抜けた。

「なんだよ、いちいち、かわいーっつぅの」

誘えば会ってくれて、高い食事をねだるわけでもなく部屋にも寄ってくれる。寂しいだけだとしても、嫌われてはいない。そう思えるから性質《たち》が悪いと、悠護は息をつく。

ダメとなにげなく言っただけの仕草に、うっかり反応した下半身が虚《むな》しい。ヤれない美人よりヤれる平凡がいいと、大阪にいた頃の知り合いは笑っていたが、ときめかない平凡よりはときめく美人の方がいいに決まっていると思う。

「俺って、マゾなのかもなー」

ぼやきながらベランダに出て煙草を吸う。しばらくして、髪を濡《ぬ》らした美緒から声がかかり、入れ替わりで悠護もシャワーを浴びた。

今日もどうせお預けだとわかっているから、水流の中で慰めきれない熱を収め、気持ちをフラットにしてシャワーを止める。

「美緒。そこ、座れよ」

Tシャツとハーフパンツに着替え、ドライヤーを持ってリビングへ戻った。

あごをしゃくってソファを示すと、寝転んで雑誌を読んでいた美緒が起きあがった。タオルで包んだ髪は、洗ったそのままだ。

ソファに座らせてタオルを解き、手ぐしで梳《す》きながら髪を乾かしてやる。

「はー、極楽」

両膝《りょうひざ》を抱えた美緒はのんきだ。髪に指を絡め、悶々《もんもん》としている男の気持ちなど、微塵《みじん》も考えないのだろう。わがままで身勝手で、だけど寂しがりやなところがたまらなくいい、と悠護は思う。

「気持ちいいだろ」

わざといやらしく問いかけたのに、

「うん。気持ちいい」

さらりと返されて、悠護はがっくりとうなだれる。

素直な声はどこか甘く、本当に気持ちいいのがわかるからせつなくなる。もっと気持ちよくさせてやれると言いたかったが、どうせ、望んでないと突っぱねられるのがオチだ。

無理やり話を続ければ、もう二度と会わないと脅される。

「髪、切りたいなぁ」

美緒がぼそりと言った。

「似合いそうだけどな」

「店から禁止されてんだ。和服のときに困るから。でも、洗うのが面倒なんだよ。店に出るといろいろ付けられるし、煙草の匂いもすごいだろ」

「じゃあ、俺が洗ってやるから、店終わったらここへ来いよ」

「マジでー。本気にするー」

「していいよ」

髪を撫で、指先を潜らせる。頭皮に風を当てながら、柔らかな髪を梳いた。

「俺と暮らしたらいい」

するりと言葉がこぼれ出た。うかつだと思っても、もう取り返せない。

「……無理だろ」

美緒がふっと笑みをこぼす。年齢に似つかわしくないニヒルさだ。

「結婚するまで、しないって決めてるから」

「……十六歳過ぎてれば、もう結婚できるんだぞ。親の承諾がなくても」

「二十歳《はたち》越えてるって、何回も言ってんじゃん」

「嘘つくなって、言ってんじゃん。店には言わねぇよ」

「とにかく決めてるから。……待てないだろ？」

「待てる。……待つよ」

自分でも予想外の答えがするすると出てきて、悠護は奥歯を嚙《か》みしめた。なにを必死になっているんだと思ったが、どうしようもない。これが自分の本心だった。

「美緒。おまえさー、俺に惚れてるだろ」

「なに言ってんだよ」

「惚れてんだよ。そういうことにしとけよ」

「しとけ、って……なに様」

笑った美緒が振り返る。ドライヤーを止めた悠護は、そのあごにそっと腕を回してくちびるを近づけた。抵抗されずに、くちびるが触れ合う。

これはいいのか、と思う一方で、やっとキスができた嬉《うれ》しさに胸が震えた。

悠護が童貞を捨てたのは十五の終わりだ。それからは普通に彼女を作ったし、浮気や遊びもしてきた。二十一歳にしては、かなり経験豊富な方だと思ってきたのに、こんなささいなやりとりでときめく自分の純情さがいまさら恨めしい。

「美緒」

真面目《まじめ》な声で呼びかけると、ふいっと視線が逃げる。

「ビデオ、見るんだろ」

「……いや、おまえさ。この展開で、それはないだろ」

ソファの背もたれを乗り越えて、美緒の隣に膝をつく。

「したそうで、しつこいから……」

「しつこくしたら、やらせてくれんのかよ」

「……ばかじゃねぇの」

「バカでいい」

手のひらで頬を引き寄せると、美緒の視線がそれる。でも、キスは許された。

「ん。……やめっ……」

舌を這《は》わすと拒まれ、その手を摑んで引き下ろす。

「ダメだ。な?」

もう一度、今度は深くくちびるを合わせる。

「んっ……ふっ……」

決して委《ゆだ》ねようとしない身体が硬直して、くちびるを重ねたままの呼吸はぎこちない。

「……ディープキスも初めて？」

鼻先を触れ合わせながら聞くと、真っ赤になった美緒の手がびくりと跳ねた。殴らせまいと強く握りしめ、もう一度短くキスをする。

「やだ……！」

胸へと伸ばした悠護の手を激しく払いのけ、逃げようとした美緒はソファの上へ仰向けに倒れた。

「触るなっ」

「……それもダメなのか」

「な、ないんだよっ」

「知ってる。気にしてたんだ」

薄手のシャツを着ればはっきりわかるほど、美緒の身体はスレンダーだ。貧乳とも呼べないほど、ふくらみがない。

「触ってもおもしろくない……っ」

「おもしろいから触るんじゃないだろ。……胸は小さい方が感じやすいって言うしな。自分で触ったことぐらい、あるんだろ？」

「あるか！　そんなの……っ」

　身をよじって逃げ出そうとする身体に覆いかぶさり、ぐいっと引き寄せて起きあがらせる。胸に抱いたまま、耳のそばにくちびるを押し当てた。

「ちょっとだけ、触らせて」

「……いや、だ」

　膝を抱えるように小さくなった美緒が、首をかすかに振る。泣き出しそうな顔に気づいた悠護は、強引に迫れなくなった。しかたなく、その肩に腕を回す。優しく抱き寄せて揺すった。

「悪かった。ごめん」

「……もう、来ない」

　伝家の宝刀を引き抜かれ、悠護は顔をしかめた。

「ごめん、って……。美緒。なぁ、美緒ちゃん」

「嫌だ。バカ」

　怒っているのか、拗《す》ねているのか。膝に顔を伏せた美緒はふるふると髪を揺らす。

「おまえだって、そのうちに、手だけとか、口だけとか言うんだろ」

「……そーいうやつが、いたわけか」

「言うんだろ」

悠護の質問には答える気がないのだろう。繰り返した美緒は、顔を少しだけ上げて、悠護をじろりと睨んだ。

きついまなざしに涙が滲《にじ》んで見え、悠護は心の中で降参の白旗を振った。

「……言わない」

言えるわけがない。こうして腕の中にいてくれるだけでも奇跡のような関係だ。惚れたときから、もう負けは決まっている。

「あんただけは特別だとか、思ってないから」

静かな美緒の声が胸に響き、悠護は押し黙った。

「男なら、そういう気持ちになるんだろ？　一緒にメシ食って遊んでるだけじゃダメなんだろ。でも、無理だから……」

「嫌な、思い出とか……、あるの？　言いたくなきゃ言わなくていいけど、そうなら、ごめん」

美緒ほどの美少女なら、もっと幼いときから男の欲望にさらされていてもおかしくない。普通の育ちなら親が守るが、そんな恵まれた環境じゃなかっただろう。

「ゴーちゃん」

膝に頬を押し当てたまま、美緒がかすかに指を伸ばしてきた。とっさに強く握り返す。

「昔さ、……昔だよ。ヤられてはないけど、無理に……」

「美緒」

もういい、と口にしたが、「聞いて」と言われ、悠護は黙った。

「横須賀に住んでたんだ。その頃、友達の家に居候してて、そこに出入りしてる白人の男がさ。そういう趣味のヤツで、それで、小遣いやるとか言って、手とか口とか……、断れなくて」

「……うん」

「半殺しにだってしてやれたけど、友達の母親の恋人だったから、世話になってたし、できなくて。でも、そいつ、母親がいない夜に、さ」

ぐっと押し黙った美緒はゆるやかに息を吐き出し、膝の間に顔を押し込むようにして小さくなった。貧乏ゆすりをするように身体を揺らし、

「襲ってきて……。逃げたんだ」

「無事だったんだな」

「オレはね」

美緒はそう言った。自分のことを『私』と言うのは店の中でしか聞いたことがなかった。

「友達を、置いてきた。逃げろって言われて、あとのことはもうなにもわからなくて」

「美緒」

握った手で肌を撫でると、美緒はびくりと肩をすくませた。それでも身体を寄せてくる。

「……すごい、ひどいやつだったんだ。あいつ、死んだかも知れない」

「まさか、それはないだろ。命までは」

「……普通じゃなかったんだ！」

「美緒。それでも……っ」

震える身体を、ぎゅっと抱きしめた。怒り狂った猫のようにフーフーと繰り返す息が収まるまで、怒りと不安と後悔が渦巻く肩を何度も撫でる。

「命までは取られてない。そう思うしかない。美緒、わかるだろ」

「オレだけが、幸せになんて、なれない」

「そんなこと、おまえが決めるな」

「なんでだよ！」

ぱっと顔を上げた美緒のあごを、悠護はとっさに摑んだ。嫌がる顔を押さえて、くちびるを重ねる。

胸を押しのけようとする手を払いのけ、息を継がせた瞬間に舌をねじ込んだ。

「んっ……、んーっ！　んっ！」

抵抗する首根っこを押さえ、身体を抱き寄せる。

「はっ……、や……っ。んっ」

ぬめった舌を絡め、柔らかく吸いあげると、激しいキスに慣れていない美緒は怯《おび》えながら身体を引く。逃がさずに追いかけ、手加減してキスを続ける。やがてあきらめたように身体の力が抜けた。

「……おまえは、生きてる。誰を犠牲にしたとしても、おまえは生きてる」

「……っ」

「生きてるってことはな、人を好きになって当然なんだよ」

「それがおまえだって、思ってんの」

負けず嫌いな目がぎらりと光り、悠護は嬉しくなって笑った。

「そうだよ。思ってる。こんなキス、俺にだけさせてるんだろ？　責任取って結婚するか
ら。だから……乳首触らせて」

冗談めかして言うと、美緒がぷっと吹き出した。ケラケラッと笑い、

「やだよ」

といつもの調子で肩をすくめる。

「じゃあ、キスでいい」

長い髪を肩からそっと払い、前髪を耳にかけてやりながら顔を覗き込む。

「手とか、口とか、言い出すんだろ」

美緒が不満げに繰り返す。悠護は答えた。

「言いたいよ。だって、好きだからな。その代わり、おまえにも俺の全部をやるよ。たい

して、持ってないけど」

生まれ育ちや、刑務所のことはまだ言えていない。それを言える仲になったとき、美緒を抱こうと決めて、悠護は少女の手を握った。

「キス、気持ちよかっただろ。髪を乾かすより」

そう聞くと、美緒は小首を傾げた。

「髪の方がいい。ぬるぬるしてるの、気持ち悪い」

子どもっぽく答えて、そっぽを向いた。

秋の風が冬の気配に変わり、木枯らしが落ち葉を吹きあげる頃になっても、ふたりの仲は進展しなかった。でも、美緒は頻繁に部屋を訪れ、髪を乾かしたあとは決まってキスが許された。

そこで調子に乗って手を伸ばそうものなら遠慮なく引っぱたかれる。他の女が相手なら腹が立つような態度も、美緒が相手だとしかたないの一言で済んでしまう。

それは不思議な感覚で、悠護の中に新たな決意を芽生えさせた。

自分のバックボーンを明かそうと決めたのだ。

驚きながら笑い飛ばす美緒が想像できて、その通りならいいのにと何度も思った。もしも拒絶されたどうするのかを考え、あきらめきれるわけもないと繰り返す自分に行きつく。

部屋の外に目を向けると、いつのまにか雨が降っていた。

暗い夜景色の中でもそれとわかるから、かなりの強さだ。

なんとなく美緒に会いたくなって、店に行ってやろうかとソファから腰を上げた。

玄関で靴を履いているとインターフォンのベルが鳴り、ドアスコープの向こうには、思い浮かべたままの姿で美緒が立っていた。

「なんだ、今日は休みだったのか」

ドアを開けると、びしょ濡れの美緒がするりと中に入ってくる。そればかりか、ひしっと抱きつかれ、悠護は驚いた。

「ゴーちゃん……っ」

「な、なにっ。熱烈だなっ。傘、なかったのか。電話すればいいのに。小銭ぐらい持てよ」

「ゴーちゃん」

「待て待て待て。待って、美緒ちゃん！　お願い」

ぎゅっと抱きしめ返してから、肩を摑んで引き剝《は》がす。

「お兄さんの理性が限界だから。まず風呂《ふろ》入ってこい。それとも、ひどい目に遭わされたのか」

「……オレが？」

美緒はにやりと笑う。勝気な少女は、自分の身に不幸が起きるとは思っていない。どこか浮世離れした警戒心のなさだ。

「じゃあ、風呂行け」

笑いながら風呂場を指差すと、美緒は素直にととっと小走りで入っていく。シャワーの音が漏れ聞こえるまで待って、悠護は壁にすがりついた。

「ふざけんなっ……」

からかわれたとしか思えない。あんな甘い声で抱きつかれて、危うく抱きあげてしまうところだった。ベッドに直行する妄想に取りつかれ、重い息を吐き出す。

着替えを脱衣所に置いてやり、ホットココアを作って待った。美緒は味覚もお子様だから、甘いものが好きだ。数少ない女の子らしさでもあった。

「ゴーちゃん」

しばらくして出てきた美緒は、ちゃっかりドライヤーを手にしている。

「髪、お願い」

「ん。これ、ココア。いい感じに冷めてる」

「ありがと」

両手で受け取った美緒は、ソファに座った。先月パーマをかけた髪は柔らかくうねり、濡れた感触が指にしっとりと絡みつく。

タオルで水気を取ってから、いつものように乾かした。

「もう、同棲《どうせい》してもいいぐらいに、俺たち、馴染《なじ》んでるよな」

なにげなく言うと、ココアを飲んでいた美緒は肩をすくめる。その肩の片側に髪を寄せ、反対側にそっとくちびるを押し当てた。

「んっ……。それ、いや」

美緒の『いや』はことごとく愛らしい。

ぞくっと腰に来て、悠護は身を引いた。使い終わったドライヤーを片付けて戻ると、マグカップを持った美緒が近づいてくる。

「お酒、飲みたい」

「未成年」

「よく言うよ」

飲酒はこれが初めてじゃない。外では飲まないが、家飲みでは美緒も少しだけ口にする。

「なにがいい。甘いの作ってやろうか」

「うん」

「今日はなー。オレンジがないからなー。マリブパインにする？　カルアミルクもいける」

「パインで」

「了解」

キッチンに立った悠護が作るアバウトなカクテルもどきを、美緒は入り口に立って眺めていた。少しアンニュイな雰囲気が、悠護の胸を騒がせる。

それは少しの不安と、かなりの度合いを占める欲情だ。

出来あがったドリンクを渡すと、美緒はその場で一口飲んだ。

「俺にも味見させて」

そう言ってそばに寄ると、グラスが差し出される。その手を掴みながら、顔を近づけた。

あきれたような視線が、閉じるまぶたで遮断される。

ココナツリキュールの甘さと、パインの酸っぱさの混じった舌をそっと舐めて離れると、美緒は不機嫌に顔を背けてソファへ戻った。

悠護は缶ビールを手にして隣に座る。近いと怒られた。でも、場所を変えるつもりはない。

「ちゃんと温まったのか？　風邪《かぜ》ひくなよ」

「ゴーちゃん」

首に手を当てると、グラスを手にした美緒が振り向く。

「うん？」

なにかを言うつもりで来たのだろう。タイミングを計っている美緒の瞳が淡く揺れる。

ソファの背もたれに肘《ひじ》をつき、悠護はこめかみを支えた。美緒のくちびるが動く。

「……お金を、貸して……欲しい」

「お金……」

口の中で繰り返すと、美緒はうつむいた。

「なんのお金？　いくらぐらい」

「六百万」

「は？」

「六百万円」

「すごい金額だな。あごがはずれるかと思った。そんな金、俺が持ってると思うのか」

「……無理？」

「なにに必要なんだよ。まさか、変なとこから借りてるんじゃないだろうな。おまえ、パチンコするよな？」

「……お、親の入院費……」

わかりやすい嘘だ。思わず舌打ちした悠護は、前へと向き直り、足に肘をついた。組み合わせた手に、頭をぶつける。

「親の、入院費なぁ……。どこで借りた？　このあたりの闇金なら、知り合いの顔が……」

うつむいたままつらつらと続ける悠護の腕を、美緒がふいに摑んだ。驚くほど冷たい両手が腕を引く。

「そこで金を借りれるように、頼んで……」

「そんなこと、俺がさせると思ってんのか」

「ゴーちゃん」

「そんな金を借りたら、おまえな……っ！」

借金は雪だるまのように増えて、噂《うわさ》を聞きつけたおやっさんが弱みにつけ込んでくるだろう。普段は粗雑なだけのオヤジでも、実際は暴力団を仕切る組長だ。

めったにいない上玉を愛人にするためなら、少々の手汚さは問題にしない。

「俺が貸したとしてさ。おまえ、俺になにしてくれんの？」

できるだけ優しく問おうとしたが、苛立《いらだ》ちは隠せなかった。それでも美緒は真剣な表情で見つめてくる。

その必死さが、自分のための金じゃないと物語っているから、いっそう腹が立つのだ。

もしかして、自分の他にも男がいるのかと勘繰りたくなる。

そいつのために金を作ろうとしているなら、金を貸す自分はまるで道化だ。

「なぁ、美緒。どういうつもりで俺のところへ来たんだ」

純情な美緒の身体を知っている男なのかと思うと、胸の奥が燃えるようにたぎった。苛立ちが限界まで募り、暴力的な気分で悠護は立ちあがる。

こんなとき、自分の身体には極道者の血が流れていると思う。たったひとりの姉が不幸に見舞われたときもそうだった。自分は怒り狂い、相手を殺すと喚《わめ》きたてた。性暴力被害者だった姉自身に殴られるまで理性を取り戻せなかったのだ。

そんな自分に嫌気が差して、極道社会と距離を置くために刑務所に入った。それで縁が切れると思ったが、実際はまだ、どっぷりとこの世界の中にいる。

「悠護。……ごめん」

立ちあがる気配を背中に感じた。

「服、洗って返すから。本当に、ごめんな」

「待てよ」

すがってくるような女じゃないことはわかっていた。

「金なら、作る。だから、出ていくな」

「……言わなきゃよかった。そんな顔、させるなら」

思わず、窓に映る自分の顔を見る。硬く緊張した表情が見え、美緒を怯えさせたのだとわかった。

「金は、いつまでにいる」

「もう、いいから」

「よくねえだろ！　当てがないから、俺のところへ来たんだろ！　言えよ。いつまでにいる。いつが期限だ」

詰め寄って腕を摑んだ。戸惑う顔を覗き込み、次の言葉を探しあぐねて肩を抱き寄せる。

「もう、なにも言うな。出してやるよ、それぐらいの金」

親を脅せば、取れない金額じゃない。

「悠護、いいから。本当にいいから」

「よくねぇんだよ。おまえは、俺に相談したんだ。それはもう取り消せない。聞かなかったことになんか、しない」

両手を首に添わせ、視線を合わせる。

「なにも心配しなくていい。そんな顔、するな」

「どんな……？」

「泣きそうな、顔」

顔を近づけ、くちびるをふさぐ。息を吸い込むように開いたくちびるの中に舌を這わせると、美緒の身体は今夜も怯えるように震えた。

自分の他に男がいるわけもないと信じられる反応に、悠護は肩の力を抜く。美緒を見つめて、何度もキスを繰り返した。

「……も、やめっ……」

「俺と結婚してくれ。名前の入った婚姻届をくれたら、きっちり払ってやる」

「……身売りさせんの」

「結納金だよ」

笑いかけると、美緒は困惑の視線をさまよわせた。

「だけど……、あの、今夜は……まだ……」

「本気で、キスさせて。ベッドで」

手を引いて、隣の部屋に入る。電気を暗くして、ベッドのふちに座らせた。

「それぐらい、いいだろ」

髪を撫で、摑んだ毛束にくちびるを押し当てる。

「感じてる声を聴かせるだけでいい。触らないから。キスだけだから」

我ながら泣けるほどに惚れていると思う。この期に及んで焦《じ》らしてくる美緒も美緒なら、それに応《こた》えている自分も相当におかしい。

「……やだ……恥ずかしい」

薄闇の中でそっぽを向かれ、悠護は深い息を吐き出す。腰がずきずきと痛むほど張り詰めてくる。

「いちいち、かわいいんだよ。おまえは」

ベッドへ押し倒して、後ろへ逃げられないようにした上で、うなじに鼻先をすり寄せる。びくっと震えた首筋をそっと舐めあげた。

甘い息遣いを漏らした美緒が身をよじらせる。

「信用しろよ……」

ベッドの端っこで揉みくちゃになっていた毛布を引き寄せ、美緒の胸に押しつけた。

「ほら、これでちょっとやそっとじゃ、触れなくなっただろ」

顔を覗き込み、背中に挟まった髪を取り除いた。長い髪がベッドに広がるのが薄ぼんやりと見える。

「美緒」

呼びかけて、くちびるを指でなぞる。身体を寄せて、キスをした。

わざと苦しくなるようにくちびるを重ね、いやらしく舌を絡める。濡れた音が響くたびに首を振って逃げる美緒を、悠護はしつこく繰り返し追いかけた。

「んっ……はっ……」

戸惑いがちだった息が弾み、やがて声に甘さが忍ぶ。

「……たまんねぇわ」

額同士を押しつけ、悠護は熱っぽく息を吐いた。

「指、舐めて」

人差し指をくちびるに這わせ、わずかに開いた隙間《すきま》に差し込む。乱暴にならないようにそっと動かし、舌を探した。

ぺろりと先端を舐められ、痛いほどに腰が痺《しび》れる。

「……そう。いい感じ……、それから、吸って……」

口にした通りに、美緒は応えた。ちゅぅ、と吸いつかれ、悠護は奥歯を嚙みしめる。

「無理だ。我慢できない。触らないから、絶対に、これ以上はしないから。手だけ、貸して」

パンパンに張り詰めた股間《こかん》が苦しくて、ジャージのズボンを下着ごとずらす。

「美緒、頼む」

哀願する声が、自分でも笑えるほどの必死さを帯び、悠護は相手の反応を待った。ほんのわずかな瞬間が、焦れるほどの長い時間に思える。

だから、美緒の手が動いたときは声が出るほど嬉しかった。

おずおずとした手のひらに触れられ、強く目を閉じる。

「おまえも気持ちよく、してやりたい」

「……結婚したら」

答えた声は、甘くかすれていた。いままでの言い訳めいた訴えじゃない。

待っていると言われた気がして、悠護はたまらずに美緒の肩へ顔を押しつけた。

「おまえ、本当に、かわいすぎる……。好きだ。本当に、好きだ」

美緒はなにも答えなかった。指が熱に絡み、たどたどしく上下に動く。

「悠護。気持ちよくなって、いいよ」

どんな顔で言っているのか。はっきりとは見えない。だからこそ、悠護にはどんなふうにも想像できた。

息を弾ませ、腰を振り、キスをしたままで美緒の手のひらに射精する。

ティッシュを引き寄せ、精液を拭《ぬぐ》ってやると、美緒は深く息をついた。

「……おまえも、気持ちよくなる？」

耳元にささやくと、

「いらっ……いらないっ……」

慌てふためいた声が返る。

「いいよ。結婚したら、あんなことも、こんなこともするから」

毛布を抱きしめている身体に寄り添い、後ろから腕を回す。美緒の手が、重なってくる。

自分の秘密を言い出せない後ろめたさを感じながら悠護は美緒を抱き寄せる。スレンダーな身体は、いままで抱いてきた、どの女の身体とも違っていて、華奢《きゃしゃ》ではないのに骨ばっている。

「美緒ってさ、男みたいな身体してるよな」

「……それ、言われたくない」

ぼそりとつぶやく声の不機嫌さに、悠護は笑った。そんなこと、あるはずがないのだ。

「悠護……。もし男だったら、どうする……」

「んー。ないな。男は抱きたくない」

「だよな」

可笑《おか》しそうに言った美緒の反応を、そのときは当然だと思った。男のような身体をした女が、男のように思われて良い気はしないだろう。どんなに男のようでいても、自分にとって美緒は女だと、肯定したつもりだった。

「なー、なくてもいいから、ちょっとだけ、胸触らせて」

「ダメ。恥ずかしいから、イヤ」

「かわいいこと言うなよー。また勃起《ぼっき》する」

「知らない」

「じゃあ、キスは？」

うなじにくちびるを寄せると、身をすくませた美緒が逃げる。少しも離れたくなくて、悠護はあとを追った。子どもっぽいのは自分の方だ。結婚を約束したのに、金で縛ることができたのに、心は微塵も晴れない。

「手を使わせて、ごめんな」

拭っただけの手のひらを摑むと、指が絡む。

美緒は黙ったまま首を振り、柔らかな髪が悠護の頰をなぶった。


マンションの近くにある電話ボックスで小銭を積みあげて、受話器を手にした。

家に電話をかけて姉を呼び出すと、思った通りに叱責《しっせき》が飛んでくる。

「耳が痛い」

『痛いでしょうね、痛いはずだわ。親から大金巻きあげて、なにのつもりでそんなこと』

「俺の結婚資金だろ」

『そうよ。母さんが、苦労して貯めたお金だわ！』

「だからさー、結婚するんだよ。オヤジには言えなかったんだよ。相手を探られたら、たまんねぇじゃん」

『ほんとに……？』

「うん、本当に。好きな女ができたんだ。心底、惚れてんだよ」

胸ポケットには、折りたたまれた婚姻届がある。それは初めて見た美緒の本名だった。

『そう……。その子、大丈夫なの？　借金の清算でしょ？』

「いや、親の入院費」

美緒の嘘をそっくりそのまま真似《まね》る。

『……まぁ、あんたがいいならいいわ』

信じていない声を出す姉は、すこぶる勘が鋭い。

『困ったことになったら、また電話してきなさい。お金のことも、今度は私の方にね。親だからってね、ヤクザを脅すようなことはやめなさい』

「これで、あきらめついただろ」

『お父さんは、あんたがしたいようにさせてくれるわよ。ともかく、結婚を理由にして、静岡を離れなさい。相手が事情を知らないと言えば、引き留められることもないでしょ』

「わかった」

『私が入れてる生活費は、残ってるの』

「それは手をつけてない」

『じゃあ、そっちは自分で清算できるわね』

「うん、大丈夫だ」

『大阪はダメよ』

「東京へ行くつもりだから」

『わかったわ』

簡単な別れの挨拶《あいさつ》をして、電話を切る。

胸ポケットから紙を取り出し、悠護は公衆電話にもたれた。しばらく目を閉じる。

結婚を約束してからも、美緒はいつもと変わらず悠護の部屋を訪れ、シャワーを浴びて髪を乾かしたあとでキスをした。それまでと違っていたのは、困ったように指を貸してくれることだ。

そして、毛布にくるまった身体を寄せ合って眠った。

寝込みを襲うことはできたし、借金を盾にすれば身体を要求することもできなくはなかった。だけど、これまでとこれからの関係を思えば、そのどちらも無理強いしたくなくて、紳士で通した。

美緒のトラウマになっている過去と、姉の過去がオーバラップしたからかも知れない。心にざっくりと刺さったナイフを引き抜き、血の流れない傷は存在しないも同然だと気丈に振る舞う女の弱みにはつけ込めなかった。

婚姻届をそのままポケットにしまい、小銭を手にして電話ボックスを出る。

結婚の約束が本気だったのかどうか、美緒に確かめることができても、答えは聞きたくない。

婚姻届と金を交換して一週間が経つ。『明日、一緒に役所へ行こう』と言った美緒は、そのまま姿を消した。店のママの話では、一緒に暮らしていた女が連れていったのだと言うが、ふたりは夜逃げ同然で出ていったらしい。

女にはサラ金から借りた三百万ほどの借金があり、そろそろ風俗へ売られるところだったと教えてくれたのは、おやっさんに付き添う若い男だった。借りた先がおやっさんの組の系列だったのだろう。そこからの借金はきれいに返したが、店のママから借りた三十万ほどの金は踏み倒したのだと笑っていた。

その金の出どころが自分だとは言えず、悠護は複雑な気分のまま、婚姻届に書かれた名前の主を探すように探偵へ依頼を出した。その返事が届いたのは、昨日のことだ。

女は存在した。でも、悠護のまったく知らない人間だった。美緒の本名は店のママも知らず、探偵には一緒に逃げたという女の方を探すように依頼を出し直した。

女のことを、美緒は姉のように慕っていた。頼まれて断り切れずに悠護をカモにしたのか。自分から言い出したのか。それは、もうどちらでもよかった。

騙《だま》される覚悟は、金を貸してくれと言われたときからしていたのだ。しかし、もしかしたらと思った。

いまでも、そう思っている。

今日にでも部屋の電話が鳴って、美緒が寂しげな声で謝ってくるんじゃないかと……、なかば願うように想像した。

冬の冷たい風が吹き抜け、悠護はブルゾンの襟にあごを埋める。くわえ煙草で振り向く美緒の、少年めいた清々《すがすが》しさを思い出す。

女の借金に半分が消えたとしても、もう半分の金が残っているなら、ふたりは新しい人生を始めることができるだろう。

もしも、男のようなあの子が、男よりも女を好む性癖なら、彼女と幸せになってもいい。

そう思って、足元に目を向けた。

視界が歪《ゆが》んで、悠護は苦々しく奥歯を噛んだ。

一度でいいから、抱きたかったと、心から思う。自分のものにならなくても、他の誰かを大切にしていても、真実の愛とは違うところで本気になった恋だった。

だからこそ、手を出さずにいることで傷つけずに済んだのなら、嬉しくも思える。毛布一枚を隔てた夜が、交わらないふたりの人生を、それでも肯定したと信じたいからだ。

生まれと育ちを憎んで、自棄《やけ》を起こして刑務所に入り、それでもこの世界と手を切れずにいる。そんな自分が、あの子のよりどころになれたなら、それがたとえ利用されただけだとしてもかまわない。

どこかで幸せになっているなら、二度と会えなくていい。だけど、きっと、自分は美緒を求め続ける。もしも困っていたら、と、それだけを案じてしまう。

涙がコンクリートに一粒落ちて、悠護は鼻をすする。

「寒さが目にしみる……」

独り言で言い訳して、美緒と歩いた道を、いまはひとりでたどった。

＊＊＊

「ここで待っていて」

と女に言われ、佐和紀は銀行の入り口が見える場所で、ガードレールに腰かけた。

雨雲が垂れ込める横浜の街は、どこもかしこも見慣れない。

先に静岡を出るように言われ、二日間は横浜のビジネスホテルで女を待った。

ひとりでいる間に、佐和紀は何度か電話を手にした。悠護に連絡をしたかったからだ。

事情を説明しようとして、そのたびに番号が押せずに受話器を戻した。

行き場のなかった自分を拾ってくれた女への恩を説明しても、金を騙し取ったことの言い訳にはならない。話せることなら初めから打ち明けていた。

それができなかったのは、たった数ヶ月のやりとりをなかったことにしたくない佐和紀のエゴだ。男だったことを明かして軽蔑《けいべつ》されるぐらいなら、金を騙し取った裏切り者として憎まれる方がいい。

ポケットを探り、煙草を取り出す。口にくわえると、ライターを出すより先に、どこからともなく火が現れた。

ぞろりとしたブラックコートの男が、金色のライターを差し出している。

「火が消える」

そう急《せ》かされ、断れずに火を借りた。

「ひとり？」

細ぶちの眼鏡《めがね》をかけた男は長身で、長いコートがよく似合っている。髪は後ろへ撫でつけられ、ビジネスマンにも見えたが、目つきが違った。

「待ってんの」

短く答えて視線をそらすと、指先で顔を引き戻された。

「本当に？　君、きれいな顔してるね」

「触んなよ」

男の声で手を振り払ったが、相手は怯《ひる》まずに顔を覗き込んでくる。心の内側を覗き込むような目は、なんともいえずに色っぽく、うぶを自認している佐和紀でさえ見惚《みと》れるほどだ。

「女みたいにきれいな顔だ。そんな汚い格好しなけりゃいいのに」

ふと細められる目から視線をはずせず、佐和紀はぼんやりと相手を見つめ返す。

「俺と来る？　気持ちいいこと、してあげようか」

そっと指先が伸びてきてくちびるをなぞられる。ハッとしたのは、その手を押しとどめる女の手に気づいたからだ。

「ちょっと！　私の弟になにしてんのよ！」

銀行から駆けつけた女に睨みつけられ、コートの男が半歩引いた。

「弟、ね……」

ふたりを見比べて、男が物言いたげに笑う。

すべてを見透かしているようなシニカルな表情だ。

「岩下《いわした》！　なにやってんだ、行くぞ！」

どやしつける声が背中にかかり、顔をしかめた男はやさぐれた仕草で舌打ちをする。

「未成年は吸うなよ。勃《た》たなくなるぞ」

佐和紀の手から煙草を取り、代わりに名刺を差し込む。

「金が欲しくなったらおいで。気持ちよくて楽な仕事をあげるから。じゃあな」

男がコートの裾《すそ》を翻すと、スパイシーな残り香が漂った。

「行くわけないでしょ」

悪態をついた女が佐和紀の手から名刺を抜き取り、ふたりで目を走らせる。会社名と名前、連絡先の電話番号が記載されていた。

「たぶん、アダルトビデオの勧誘ね。行きましょう。今日中に関東を出るわ」

促されて、佐和紀はガードレールを降りる。

「それ、どうすんの？」

「捨てるに決まってんじゃない」

そう言った女は、破った名刺を手近なゴミ箱に入れる。

駅に向かい、人の波をすり抜けた。

「美緒。ごめんね」

黙っていた女がふいに口を開き、佐和紀はなにも答えずに前だけを見た。

「ゴーちゃんのこと……」

「どうせ、友達にはなれない」

『女』として出会ったのだ。恋愛対象にはなれても、友達にはなれない。『男』だと明かせば、なおさらだ。

「うまくいって、よかったんだ」

佐和紀の本名さえ知らない女が手を繋《つな》いでくる。握り返して、振り向いた。

「もうじき子どもに会えるよ。今度こそ、幸せになれる」

「美緒も、やっと男に戻れるね」

「そうそう」

にやりと笑い、佐和紀は心の痛みを押しやった。どうせ流れて生きるだけの身の上だ。

女の故郷へ同行しても、根付けるとは思えない。

だけど、ひとりではいられないから、誘われるままについていく。もしも、悠護との出会いが男としてだったなら、自分は悠護と一緒にいただろう。出会い方さえ違っていたら、男同士の友情が芽生えたはずだと、そう信じたかった。

「本当の名前、教えてね」

女の指が佐和紀の手をそっと掻く。淡い痺れに、目を細めた。

保護者でいようとする女は、ときどき性的な目をする。そのことに、佐和紀は気づいていた。

「美緒が女の子じゃなくてよかったわ。私、きっと、ゴーちゃんに勝てなかった」

女の声がどこか遠く聞こえ、押しやったつもりの痛みが舞い戻る。罪悪感を何度も思い出させる女は、独占欲から来る嫉妬《しっと》に囚《とら》われているのだろう。

「ねぇ、さっきのスカウトの男」

佐和紀の気分が沈んだと察した女が、ことさらに明るい声を出した。

「態度はでかいけど、いい男だったよね」

「……悪そうな男はやめた方がいいって」

「わかってるわよ」

「名刺、捨てない方がよかったんじゃない？」

「まさか。あの男、あんたしか見てなかったわよ。男もイケるのかもね」

「俺はやだ」

「だよねー」

ふふっと笑って、身を寄せてくる。

離れて暮らす子どもに会える喜びがそうさせるのか。それとも、犯罪の片棒を担いだ佐和紀に情を寄せるのか。

どちらともわからない女の仕草は軽薄だ。でも、そこが嫌いじゃなかった。

だから、寒さをかばい合うように肩を寄せて歩く。

ひとりでないというそれだけのことに佐和紀は満足して前を向いた。

＊＊＊

「酔って電話をかけてくるな。迷惑だ」

周平の声に苛立ちが滲む。

『うっせぇんだよ。相手しろよ。ばーか、ばーか』

電話の向こうで、悠護が子どもっぽく声をあげた。相当飲んでいるのだろう。完全に酒に飲まれ、傍若無人だ。

酒を飲んでなくてもそうなのに、泥酔されたら迷惑でしかない。それでも、無下にできない間柄だ。周平は我慢して付き合っていた。

『おまえさー、去年のさー、軽井沢《かるいざわ》さー。カメラ付いてるって知ってただろ』

「付けてたんですか」

しらっとして答える。

『しらばっくれんなよ。どアホが。おまえみたいな、さいってーの変態が、気づいてへんわけないやろが。あぁん』

泥酔すると、悠護の言葉には、昔に覚えた関西弁が混じる。

『アップじゃねぇから、美緒だって気づかなかったんだよ。気づいてれば、飛んでいって、助けてやったんだ』

「誰を……ですか」

『笑うな、ちゅーてるやろ！』

「うるさいんだよ。もういまさらだろ。ガキみたいに、いつまでぐだぐだ言ってんだ。ほんと、昔から、変わらないよな」

古い付き合いだ。表向きには悠護を上の立場として扱っているが、昔はちょっとした悪さもした仲だ。そのほとんどが女を泣かせるようなことだったが、それは周平の経歴上、当然のことでもある。

リビングのソファで詰め将棋をしている佐和紀を振り向くと、想像通りに視線がバチリと合った。その瞬間から、悠護の相手が面倒になる。

「話は、もう終わりですかー。もういいですかー」

　適当に言うと、電話の向こうから怒鳴り声が返ってくる。

『あかん！　まだ！』

「もういいだろ。一時間は、愚痴を聞いてんだけど」

『おまえな！』

「それはそうと、それ、俺にもくださいよ」

『ふざけんな！　死ね！』

　ぶつっと電話が切れる。佐和紀に向かって肩をすくめ、子機を充電スタンドに戻した。と同時にまた電話が鳴る。

　出ると、やっぱり悠護だった。

『おまえ、いまからエッチするんだろ。ダメだからな。ダメだ』

「夫婦生活に口出しするなよ。昨日も、その前もしたのに」

『だーっ！　アホかっ！　俺が日本にいるときぐらいするな。絶対にするな。俺が日本にいるときはな、佐和紀は美緒なんだ。俺のかわいい、かわいい、美緒なんだよぅ！』

「知るか、ボケ」

　今度はこっちから電話を切ってやる。周平の声だけを聞いている佐和紀が、ソファの背に顔を伏せて肩を揺らす。また電話が鳴った。

『佐和紀に、代わって』

懇願する響きに、

「そんな義理があるか。いまから営みだ。さよなら、悠護さん」

周平はぴしゃりと言った。親機の電話線を抜いて、おおげさに肩で息をつく。

「上司なんじゃないの？　ひどい言い方……」

そう言う佐和紀は肩を揺らして笑う。

「単なる仕事仲間だ。組長の息子だから、一応、へりくだってやってるだけ」

ソファへ戻り、佐和紀の隣に座る。早速腕を回し、肩を抱き寄せた。

「そろそろ、夫婦らしいことをしようか」

「ん？」

振り向いた佐和紀のあごを摑んで、顔を近づける。

「夫婦らしいことってなんだよ」

軽いキスで身を引いた佐和紀が逃げようとする。察知した周平は、肩を摑んだ手に力を込めた。

「セックスだ。俺のどうしようもないところを、おまえの奥まで差し込んで、時間をかけてねぎらい合うんだよ」

「どうして、おまえはそういう言い方を……」

「じゃあ」

耳元にくちびるを寄せ、

「俺のペニスを佐和紀のアナルにぶち込んで、人には聞かせられないような声を出す時間を共有しよう」

「最っ低、だな……」

「もっと罵ってくれ」

「変態」

あごを引いて睨みつけてくる佐和紀の頬を手の甲でなぞり、顔を近づける。

「おまえが罵った分だけ、濃厚に仕返しをしてやるよ」

瞳を覗き込むと、佐和紀は真っ赤になって視線をさまよわせた。どんな想像しているのか、頭の中を覗きたい瞬間だ。

そして、そのすべてを実地で再現してやりたい。

「なぁ、佐和紀。疼くだろ。俺がいつも、出たり入ったりする、あそこが……」

「……周平」

「いつもはきゅっと締まってる場所が、俺の指でとろとろにとろけて、最後には、俺のち○ぽの大きさまで開くだろ……。すごくエロい」

「……周平」

うつむいた佐和紀が、ふるふるっと震える。

「おまえ、また悠護に妬《や》いてる」

正確には、かつて佐和紀を美緒と呼んだ『ゴーちゃん』に対してだ。

「ダメなのか？」

「変えられない過去を責めるなよ」

「……しかたないだろ。気に食わないんだから」

「素直だな。そういう、いらないところだけ」

「受け止めろよ、奥さん」

「やってるだろ。要求してくんな」

「なぁ、疼いてるだろ？」

「そこに、戻るのか……」

あきれたような目を見開き、佐和紀はぐったりとうなだれる。

「じゃあ、『ゴーちゃん』とキスをしたとき、どんな気持ちだったか、聞かせてくれよ」

「それも、最低だよ！　なんで、そう、ゲスいんだ！」

「あいつが、美緒、美緒、ってうるさいからだ。俺だって、十六のおまえを見たかった」

「無理言うなよ」

「じゃあ、学ランを着てくれ」

「バカなの？　俺、高校なんて行ってない」

「じゃあ、学校ごっこをしようか。俺が先生で、おまえが生徒」

「周平さん。俺は、嫌な予感しかしない」

「……どうして」

「普通にやろうよ」

「おまえが先生でもいい。美人教師が力ずくで知らされる快感……」

「周平ってさ、ときどき恐ろしいほど思春期みたいだよな」

笑った佐和紀が、周平を見たままソファへもたれた。

「そういうところ、嫌いじゃないんだけど、付き合いきれない」

言いながら、指先で周平の眼鏡をなぞる。佐和紀の眼鏡の奥で、切れ長の瞳がついっと細くなる。誘うような視線は無自覚だ。

「おまえの言う、普通ってどんなことだ」

周平はおもむろに手を伸ばし、佐和紀のパジャマの股間に触れた。

そこはもう熱を持っている。

「俺が、おまえのここを、こうすることか？」

「……ん」

「おまえだって思春期みたいだ。すぐ、こんなに大きくして」

周平の指に形をなぞられ、佐和紀は口元に拳《こぶし》を押し当てる。

「……ゴーちゃんには、させなかったよ」

「当たり前だろ」

「キスも……」

「それは、させたんだろ」

「じゃなくて」

周平の頬に片手を押し当て、佐和紀が首を傾げる。くちびるの端にキスがスタンプされて、眼鏡がかすかにこすれた。

「おまえのキスの方が、何倍も、気持ちいい。触って欲しくて、しかたなくなる……。気持ちいいの、もう知ってるから、な……」

周平の嫉妬をなだめているつもりだろうが、佐和紀の行動のすべては、別の部分を煽《あお》りまくっていた。

冷静を装った周平はお互いの眼鏡をはずし、ローテーブルに並べて置いた。きっちり整列させたのは、焦る心をなだめるためだ。

「他の男の話は、もうやめよう？」

周平が向き直るのを待っていた佐和紀が言う。手が、周平の首筋をなぞった。

「じゃあ、なにの話がいい」

「俺とおまえのこと」

ふっと笑いながら答える佐和紀の首筋を引き寄せ、くちびるを強く吸いあげる。

「んっ」

佐和紀も同じように、周平の上くちびるを吸う。互いの舌がゆっくりと絡んだ。なめらかなふちが触れ合うと、佐和紀は過敏に腰を揺すり、そっと周平の手を引いた。

「俺からで、いい？」

「もちろん。手で？　口で？」

キスを交わしながら周平が聞くと、佐和紀は恥ずかしそうに目を伏せ、

「両方」

小さな声でねだってくる。

周平はパジャマのズボンに手をかけた。脱がしながら、膝に乗るように促すと、佐和紀は素直に足を開いてまたがる。

恥ずかしさを感じさせる前に腰へ手を伸ばし、根元からそっとなぞりあげて、手で包む。

「ぅ、ん……」

気持ちよさそうに目を細める顔を引き寄せ、キスを再開した。

濡れた音が響くディープキスをねっとりとかわし、佐和紀のそれを柔らかくしごく。

「あっ……、ふ、ぅん……」

「腰が動いてるな。気持ちいいか」

「んっ……ん」

こくんとうなずき、首に腕を回した佐和紀が上半身を預けてくる。腰がゆるやかに前後して、筒状にした周平の手のひらで佐和紀が動く。

「あっ……はぁっ……んっ」

感じている声を忍ばせた佐和紀は、ゆっくりとした仕草で腰を使い、周平の手のひらで自慰に耽《ふけ》る。しがみついたままで首をなぞったくちびるに耳たぶを食《は》まれ、周平は息を呑んだ。

「いぃ……。周平……」

その手がスラックスのボタンをはずし、ファスナーを下ろした。周平は腰を上げて下着ごとスラックスをずらす。飛び出すようにそそり立ったそれは、佐和紀よりいくらも太い。

「エグい……」

ぼそりとつぶやいた佐和紀は、世の中の不公平を訴えるように低い声だ。同じ男でもこんなに差が出るなんて信じられないと、そういう会話は何度も交わしてきた。

「太いのでこすられるのが好きだろ？」

「やめろよ」

「嫌いか」

「やめろって」

「佐和紀。いつも、これで悦《よろこ》んでるだろ？」

「……知ってる」

「好きだろ。俺の、太いのが」

「なにを、言わせたいんだよ」

「それは、また今度」

周平はふっと笑い、困惑した佐和紀の頰にキスをする。

「そういうの、怖ぇんだよ」

「嘘つけよ」

佐和紀の先端を誘い、互いを寄り添わせる。裏筋をこすり、先端を突き合わせる。カリ部分が互いを刺激して、どちらからともなく黙り込んだ。

繊細な快感を追い、いやらしく蜜《みつ》を分け合う。

「おまえのは、色がきれいすぎて卑猥《ひわい》だ」

周平の言葉に、佐和紀はむすっとした顔で目を据わらせる。

「使いまくった色になってる男に、言われたくない」

「並べると、違いすぎるからな」

笑った周平が二本の先端を揉みくちゃに摑んだ。

「んっ」

不意打ちに声を詰まらせ、佐和紀は浅く息を吸い込む。

「やめ……」

「おまえの方が、濡れてる」

「違う……周平の、だ」

「そうか？　ん？」

手を掴み、ふたりで覗き込んでいるそこへ、佐和紀の手を引っ張る。

「どっちが濡れてる？」

交互に鈴口を撫でるように促され、佐和紀は眉根をひそめた。本当は、どちらも透明の汁が溢《あふ》れ、同じように濡れているのだ。

「んっ……周平の、方っ……」

「本当かよ」

可笑しそうに言った周平は、佐和紀のパジャマのボタンをはずす。

「佐和紀、動いてくれ」

手のひらで胸を撫で、ぷっくりと膨らんだ乳首を探し出してつまむ。

「あぅ、ん……」

感じている声を出して腰を揺すった佐和紀が、くちびるを噛む。

「かわいい声だ」

周平はすかさず褒める。そうすれば、佐和紀の恥ずかしさが和らぐと知っているからだ。

「いまので、俺の方が濡れたな。おまえの先端で、俺の血管をなぞってくれ」

具体的に指示を出すと、佐和紀は素直に動き出す。少しでも周平を悦《よ》くさせようとして、浮き出た血管を見つけてはたどたどしく亀頭をこすりつけてくる。

「……気持ちいい」

うまくできてると伝え、佐和紀の脇腹を摑んで胸に顔を寄せた。乳首を舐め、くちびるで吸いあげる。そっと噛むと、佐和紀は身震いして逃げた。

「痛かったか」

「……ちがっ……でも」

「うん。もうちょっと、優しく、な……」

そう言って、もう一度、舐めて吸いあげる。舌で転がし、さっきよりもそっと噛んだ。

「あっ……、はっ……ぁ」

ビクビクっと震えた佐和紀の熱が、周平のそれとぶつかり合う。

「周平っ。ダメ……」

「なにが?」

胸に吸いついたまま視線を向けると、背をそらした佐和紀が肩に摑まった。

「我慢、できない」

「気持ちよくて？」

質問に素直にうなずき、佐和紀がふたりの先端を手のひらに押しつけた。

「立てよ」

脇腹を支えたまま立ちあがらせ、目の前にある佐和紀を掴んだ。肩にすがっていた手が髪に潜り、佐和紀は焦れたように荒い息を繰り返す。その先端をこね回し、もう片方の手で、腫《は》れたようになっている袋を包む。

「……しゅうへっ……なぁ……」

舌足らずな声で求められ、もう少しだけ意地悪がしたくなる。

親指と人差し指で閉じない輪を作り、先端から根元までをくぐらせた。それからまた先端に戻る。触れるか触れないかの愛撫《あいぶ》に、佐和紀は声を詰まらせ、髪に潜った指が耳をかすめた。

「焦らすな……。嫌だ」

泣き出しそうな声で佐和紀は上半身を屈《かが》めた。

「手で、いいから……」

「手で？」

見あげると、視線が絡む。目元を赤く染めて発情している佐和紀のくちびるが震えた。

「……くち、で」

そう言いながら突き出した昂《たか》ぶりの先端が、くちびるの端に押し当てられる。周平は顔を動かさずに舌で応えた。ぺろりと先端を舐めると、佐和紀が位置を整え直す。

「見てろよ」

そう言って、周平は口を開いた。視線を向けたまま、先端から吸い込んでいく。それを眺める佐和紀の目が細くなると、口の中のものも跳ね回る。

「俺の口の中を犯してる気分はどうだ？　いいだろ」

昂ぶりの脇をくちびるでなぞり、段差に舌を這わせる。根元から人差し指で撫であげ、先端を食んだ。

「……んっ。ふっ……はぁ、っ、は……」

「俺を犯すのは、おまえだけだ。佐和紀。もっと奥まで入れたいなら、言えよ。なにが望みだ」

「……周平の、くちで、イキたい。……ん、はぁっ……」

先端からまたずるりと受け入れると、髪を掴んだ佐和紀が腰を前に出した。

「きもち、い……周平の、口の中、熱い……」

ゆっくりと腰を動かす佐和紀に合わせ、ゆるやかに頭を振る。吸いあげ、舌を絡め、できる限り奥を許した。

「あ、あっ……くっ……んっ」

舌と上あごで先端をつぶし、ジュッと音をさせて吸う。

「んっ、ん……はっ……ぁ」

ぶるっと腰を震わせた佐和紀が限界に近い動きで小刻みに揺れ、周平は両手を佐和紀の尻《しり》に回した。揉みしだくと、感じている声が低くなる。

「周平っ……周平……。イク、もうイク」

許しを求める声が震え、周平の髪を摑む指に力がこもる。逃げようとする尻を引き寄せ、片手を昂ぶりの根元に添えた。

引き留めようとする佐和紀の手を振り切り、ジュプジュプとすすりあげる水音を響かせて顔を前後に動かした。

「あっ……あっ……！」

腰を揺らす佐和紀の手が、額を押しのけようとする。周平は抗《あらが》い、ねじるように吸いあげた。

「や、だっ……。吸ぅ……っ、やめ……っ」

それ以上は言葉にならない。上半身を屈め、周平の頭部を抱きしめるようにした佐和紀が小さく悲鳴をあげた。

揺れ動く腰が震え、先端から液体が漏れ出る。喉で受け止め、周平は迷わず嚥下《えんか》した。

「はっ……ぁ、ん……んっ……」

全身で息を繰り返す佐和紀が、ひときわ長く深い息を吐く。

「も……、舐め、んな……」

「んー、嫌だ」

周平は軽い口調で答え、先端に吸いつく。

「痛い……。痛いから」

髪を引っ張った佐和紀が腰を引く。

「嘘だろ？　二回目、行こう」

「ヤダって……嫌……」

首を左右に振る佐和紀の尻を揉みながら、周平は、萎《な》えていく下半身に頬をすり寄せる。

「もっと、おまえの声が聞いていたい」

「……だから、それは」

言い淀んだ佐和紀の目が泳ぐ。

「挿入していると、おまえに夢中になりすぎる。声が聞こえないんだ」

「……知らないよ。そんなの」

困った目をした佐和紀は、まだ頬を上気させたままだ。

出すだけでは満足できない身体にしてしまった周平には、なにを求めているのか、よくわかる。

「布団へ行こうか」

立ちあがって抱き寄せると、膝の力が抜けた佐和紀はふらりと身を任せてくる。

周平は中途半端だったスラックスを脱ぎ、靴下を足先から剝いで、佐和紀を抱きあげた。

ドアを開ける都合上、お姫様抱っことはいかなかったが、担ぎあげて寝室まで移動する。

「周平のフェラは、いいんだけど、しつこすぎる……」

パジャマの上を脱いだ佐和紀が布団へ滑り込んだ。

「おまえがかわいすぎるんだよ」

「うっせぇよ。そういう問題じゃない。もう少し、ソフトに……」

「ソフトに？」

周平もシャツを脱ぎ、隣へ入った。腕を佐和紀の首の下に差し込むと、入れ墨の胸へころりと転がってくる。

「優しく……」

「優しく？」

「なんだよ」

「いや、それは、おまえのココのことかと思って」

抱き寄せた腰から指を滑らせ、割れ目の間を探る。

「……持っていき方が、おっさんすぎる」

「なんだよ。おっさんとこんなことをしたのか？　知ったようなことを言うなよ」

「言いがかりだろ」

「そんなふうに煽ったらな、ここもしつこく舐めるぞ」

「……勘弁してよ……」

　ふぅっと息を吐き、佐和紀は胸に拳をぶつけた。

「もう、奥が……せつないんだよ……。これ以上、いじめたら、泣いて逃げる……」

　胸の中から見つめられ、周平は素直にローションを引き寄せた。

　布団を跳ねのけ、佐和紀の足の間に身を進める。

「悪かった……」

「わかったんなら、いい」

　ぷいっと顔を背けた佐和紀が両足を抱えて横たわる。周平は指に絡めたローションを閉じたつぼみに運んだ。ゆっくりと指を差し入れ、ほぐすのと同時に自分の股間をしごく。

「……舐めようか」

　そっぽを向いたままの佐和紀に言われ、

「いや、今夜はいい。長く、おまえの中にいたい」

　指を増やし、ローションをたっぷりと馴染ませる。中を掻くたびに、佐和紀の息があがり、また興奮を募らせていくのがわかった。

それだけで、周平の下半身も熱を取り戻していく。

「もう、入るぞ」

尋ねると、佐和紀は声もなくうなずいた。横臥《おうが》で膝を抱えさせたまま、周平は腰を当てがった。先端をゆっくりとめり込ませ、息を合わせる。

ぬめった熱が先端に絡み、たまらずに吐息をつく。

「佐和紀」

半分入れた状態で、足を開かせた。

「顔を見せてくれ」

腰を掴んで引き寄せると、佐和紀は背をそらした。熱い息を吐きながら顔を隠す。

「佐和紀……」

顔に手を伸ばすと、視線と指が同時に応えた。

「……ごめっ……きもち、よく、って……」

息を詰まらせた言葉通り、周平を飲み込んだ柔らかな肉がキュッと閉じる。

「そうか……」

手を握ってきた指をシーツに押しつけ、さらに腰をねじ込む。

「あっ……、はっ……ん」

ゆっくりと腰を前後させ、顔を近づける。佐和紀の方から首を持ちあげてキスをしてきた。舌を吸い合い、吐息を奪う。

「ん、ん……。そこ……周平、そこ……」

「うん？　ここ？」

言われた場所に先端をこすりつけると、佐和紀は猫のような細い声で身をよじらせた。

「俺ばっか、気持ちいい……？」

「そんなわけあるか」

ぐいっと腰を突き出し、周平は激しく動いた。

乱れる佐和紀の息をさらに刻み、喘《あえ》がせて引き寄せる。

「おまえ、すごいやらしい顔してるよ」

口を半開きにした佐和紀が、目元を歪め、顔を隠そうとした。腕を掴んで引き剝がし、鼻先を近づける。

「わかるだろ。おまえのその顔が、俺をこんなふうにするんだ。硬いだろ」

「んっ……硬……い……」

「もっと奥？　それとも、浅いところか」

「どっちも……」

恥ずかしそうに口にした佐和紀は、それでも欲しがる。伸びてきた腕が首に絡み、キスをねだられてくちびるを交わす。

「全部、俺のこれでこすってやるよ。泣くまで……」

「ん……えっち……」

「……『変態』の方がマシだ」

ぐっと奥歯を嚙み、周平は息を吞み込んだ。かわいい一言で危うく絞られかける。百戦錬磨で鳴らした身体も、佐和紀を前にすると腑《ふ》抜《ぬ》け同然だ。心が身体よりも先走り、堪《こら》え性《しょう》がまるでなくなる。

「佐和紀。欲しいなら、脚、もっと開いて」

「はっ……あぅ……」

ぐっと奥まで押し込むと、膝を抱えた佐和紀が身をよじる。ゆっくりと突き回し、ずるりと引き抜いて、ズボズボと浅い場所で出し入れを繰り返す。それから、もう一度、深く押し入った。

「あ、あぁっ……！」

自分の足を手放した佐和紀の手が、周平の脇腹を摑んだ。

「んっ……」

ぶるぶるっと身体が震える。それは直接、周平の下半身を締めあげる動きになり、こらえる周平の額に汗が浮いた。

「っ……。佐和紀……っ」

「あ、あっ……ん」

背中に爪《つめ》を立てられる痛みで、周平は理性を取り戻す。

快感に身を浸した佐和紀の膝の裏を押して、腰を回しながら突きあげる。感じ入った声が遠く聞こえ、自分の荒い息遣いだけが脳裏を回り、また佐和紀の喘ぎ声を聴き分けた。

「一回、出すぞ……」

低い声で告げたが、喘ぐ佐和紀に聞こえたかどうかはわからない。すがってくる指が入れ墨を掻き、周平は汗を滴らせながら佐和紀ごと自分を追い込んだ。

「あっ……、やっ、激し……っ。周平、あっ、あっ……」

激しく突きあげ、甘く感じられる唾液《だえき》をすすりながら、佐和紀の身体を壊したくないと思う。

でも、理性は崩壊寸前だった。

いつのまにか佐和紀の足に腰を締めあげられ、周平は目の前にある小さな乳首を吸いあげた。びくびくと震える身体を抱きしめ、眉根を引き絞る。

下腹部をのたうつ欲望が暴れながら渦を巻き、目眩《めまい》を呼び起こしながら飛び出していく。

周平は小さく呻《うめ》きながら、佐和紀の腰骨を強く掴んだ。弾む身体を押さえつけ、溜《た》めた雫《しずく》を漏らさずに注ぎ込む。

気がつくと、周平の身体の下で、佐和紀は自分の拳を噛みしめ、身をよじらせていた。汗ばんだ身体からさらに汗が吹き出し、しっとりと肌が濡れる。

「佐和紀」

声をかけると、ぎゅっと閉じていた目が薄く開いた。

なにを求められているかは、声にならなくてもわかる。

身体を繋いだままで、周平は佐和紀の前髪をかきあげ、くちびるにキスをした。初めは優しく、そして次に深く重ねる。

「ライオン……」

くちびるを近づけたままで、佐和紀の指がくちびるに触れた。

「……みたい、だなって……。食われるかと、思った」

たどたどしく息を継いだ佐和紀が目を細める。周平が吸いついた胸には、赤い痕《あと》がいくつもついていた。

何度も何度も、そこを吸いあげたのだと、いまさらに気づき、周平は謝る代わりにそっと舌を這わせる。

「……あと、足が抜けそう……」

佐和紀が苦笑いで言った。周平は身体を起こし、ゆっくり腰を引く。佐和紀は苦しげに眉を寄せ、身をよじらせる。

「抜くのは嫌か？」

「……ばか……」

言わせるなと目で訴えられ、両膝を揃《そろ》えて、横へ倒す。それで少しは股関節も楽になったのか、佐和紀は静かに息をついた。

抜けとも続けろとも言わない身体に身を沈めたまま、周平は佐和紀の腰を撫でた。

「おまえの身体は、なんでこんなに気持ちいいんだろうな」

「……そんなの。……決まってる」

小声で答える佐和紀が、枕《まくら》を引き寄せた。顔を押し当て、くぐもった声で言う。

「周平のこと、好きだから……」

「……イキそう」

「早ぇよ」

肩を揺らして佐和紀が笑う。

「佐和紀。それは反対だ。俺がおまえを好きでたまらないからだ」

「……うん」

かすかにうなずく佐和紀の身体を撫でて、周平は腰を揺らした。一度では満足できない身体に熱が戻る。

いま、佐和紀のすべては周平のものだ。

出会う前のことを考えてもしかたがないと、いい年をした大人なのだから理解はしている。

でも、嫉妬心はやっぱり止められない。

自分の中で乱れるたびに魅力的になるような相手だからなおさらだ。未来も不安だらけで、気の休まる暇がない。

「周平」

甘えるように呼ばれ、手を握る。

あどけないような顔で微笑《ほほえ》んだ佐和紀がその指先にキスを繰り返す。

濃厚な夜が深まり、周平は幸福の中に沈み込む自分自身に祝福を告げた。そして、孤独を乗り越え、自分だけに心を委ねる佐和紀を抱き寄せる。

「おまえの中は優しいな。佐和紀」

ささやき声に身を震わせる美しい男は、快感に染まった目で周平を煽る。

誘いに応えた周平は、新しい悦楽を、ふたりの間に呼び込んだ。

流星群ラプソディ～10年前～

横浜の街にも雪が降り、庭の椿《つばき》が重みに耐えかねて落ちる。

廊下を歩く佐和紀は足を止めた。この屋敷で、椿の花が咲くのを見たのは、これで三度目だ。

今年の雪は結婚記念日よりも遅かった。

「はい、これね。悠護から結婚記念日のお祝いですって。まぁ、なにを包んだのやら怪しいけど、受け取ってあげて」

姉御と慕う京子《きょうこ》から差し出され、断り切れずに受け取った袋はかなり薄っぺらい。そして軽かった。庭を眺めながら離れに戻り、リビングで封を切る。中から出てきたのはＣＤのケースだ。『ＤＶＤデッキで再生のこと』と走り書きのメモが挟まっている。ケースを開くと、白いメディアの表面には『周平の秘密』と書かれていた。

悠護から届けられる周平の秘密映像なんて不穏でしかない。

しかし、だからこそ、佐和紀は迷わずにＤＶＤデッキのボタンを押した。テレビをつけると自動再生で映像が流れ出す。

がやがやと話し声が聞こえ、映像は荒かった。ホームビデオなのかも知れない。

なにか飲みながら見ようと部屋の隅にあるバーカウンターに寄った佐和紀は、聞こえてきた声に振り返った。

画面いっぱいに映っているのは、周平だ。自分が知っている姿より、ずっと若い。

『アップで撮るな。うっとうしい』

不機嫌な声だった。カメラのレンズに手のひらを押しあて、無理に方向を変えさせる。

『岩下さん、照明、これでいいですか』

『人妻、入りますよー』

『悠護さん、邪魔ですから。そこ、カメラに入ってますよ』

誰とも知れない声が立て続けに聞こえ、カメラはまた周平を追った。撮影しているのは、悠護なのだろう。映像の中に本格的なカメラが映り込む。スタジオには黒いシーツの大きなベッドが置かれている。

『撮影、入りまーす』

と声がかかり、映像はぶつりと切れた。

次に映ったときには画面中が肌色で、それとわかるほど荒い女の喘ぎ声が響く。

「マジか……」

飲み物を取りに来たことも忘れ、佐和紀は、ふらりと揺らめいた。足がもつれそうになる。ソファまで戻って、その背もたれに両手をついた。

画面に、上品そうな女の顔が現れる。すでに目元はとろりと潤み、ときおり苦しげに表情が歪む。そのあごを、男の手が摑んだ。近づく横顔は周平だ。眼鏡をかけていない顔は精悍《せいかん》で、女がうっとりと目を細める。

ふたりは、濃厚なキスをした。

初めて見る、他の誰かとの行為に、佐和紀はずるりと沈み込む。ソファの背に摑まったまま、その場に膝をついた。

舌が絡まり、濡れた音がする。女が喘ぎ、アップのキスシーンからズームアウトしていく。

周平は服を着たままだった。その手が一糸纏《まと》わぬ女の膝を割り、内太ももを撫であげて開かせる。ただそれだけなのに、むせ返るような淫靡《いんび》さが画面を支配した。

佐和紀は息を吞み、まるでソファ越しに覗き見するように顔を引っ込める。目だけ出して、画面を見た。

腰を揺らした女は、周平の身体を知っているのだろう。艶《なま》めかしく目を細める。

ごくりと喉を鳴らした佐和紀は、覗き見の姿勢のままで固まった。

ビデオの内容はさらに熱を帯び、胸をいじられた女は四肢を絡ませて周平を求める。周平の手は力強く、乱暴で、そのくせどこか繊細だ。

女のあご先を摑み、口を開かせる指もまた、そんなふうで……やっぱり卑猥に見える。

それから、佐和紀の知らない身勝手なフェラチオで女をむせさせ、四つ這いにさせた背後から重なっていく。

佐和紀はただひたすらにまばたきを繰り返し、身じろぎすれば画面の向こうに気づかれると言わんばかりに、息を詰める。

周平の腰がアップになり、その容赦ない動きを見て初めて、画面の中の若い男と自分の旦那《だんな》がオーバーラップした。ずくっと腰に痺れが走り、佐和紀は眉をひそめる。

自分が知っている動きより、何倍も身勝手で激しく手荒い。でも、周平だ。そこにいるのは、周平だった。

無言のまま、佐和紀は片手をソファの背もたれから離す。自分の股間に押し当てると、その感触だけでびくっと腰が揺れた。硬くなった場所を持て余す。

知らない女を抱いている過去の旦那を見ても、嫉妬するどころか欲情してしまう。それが正しいのかどうか、考える余裕もなかった。周平に揺すられている女の喘ぎ声を聞きながら、佐和紀はソファに額を押し当てる。

指を動かし、下着の中に手を入れた。そこに、

「姐《あね》さーん！　餅《もち》でも食おうぜー……、え？」

ドアを無遠慮に開けた三井《みつい》の声が響く。いつもながらにタイミングが悪い。その軽いノリをぶちのめしたいと思いながら、佐和紀は死角になっているソファの裏でうずくまった。

「う、わぁぁっ！　なんだ、これ！」

叫びまくった三井を覗き見ると、映像を止めようとした手が焦ったあまりにリモコンを取り落とす。

「なに、これ、やばい。やばいだろ」

うわ、うわと繰り返しながら映像を止め、ため息とともにソファに沈む。佐和紀が隠れていることには、微塵も気づかない。

その斜め後ろで、佐和紀はソファの背を摑んだ。ぐっと上半身を持ちあげる。

「……タカシ」

「ぎゃーっ！」

やかましく叫んだ長髪の世話係が飛びあがる。

「あ、あね、あね……おまえ！」

「……これ、何年前だ」

画面に向かって指先を伸ばす。飛びすさった三井が眉をひそめた。

「し、知るか。どうしたんだよ、こんなの。アニキだろ、これ」

「悠護だ。送ってきたんだよ。結婚記念日の祝いだって」

「祝いになってねぇよ！」

「俺に言うな」

「……で、あんた、なにしてた？　そんなとこで」

「ヌく寸前だよ。ボケが」

ソファの後ろで膝立ちになり、佐和紀はぎりぎりと三井を睨む。

「あ、悪い。出直そうか」

「うっせぇよ」

「っていうか。旦那のセックス見て、よく平気だな」

嫉妬しないのかと言外に尋ねられたが、睨んで言い返す。

「周平だぞ」

それで、すべては片がつく。

三井は苦虫を噛みつぶしたような顔で口元をもごもごと動かし、止まった画面をちらりと見る。繋がった男女の遠景だ。

「……これ、俺にも貸して」

三井がへらっと笑う。他に言葉が見つからないのだろうが、

「殺すぞ」

答える佐和紀も、他に返事が思いつかない。

「餅、焼いてろ。すぐに行く」

「抜いてからぁ？」

「ほんっとにぶっ殺すからな」

「……いや、ごめん。調子乗りました」

飛びあがった三井が大慌てで部屋を出ていき、佐和紀はソファの背にすがったままで目を閉じる。

呼吸を整えなければ、立ちあがれそうにもない。思考を停止した頭では、こんなものを送ってきた悠護に対する怒りにまではたどり着かなかった。

＊＊＊

「おー、岩下。あれ、マジですごいわ」

「おまえ、才能スゴすぎ」

大滝組の母屋にある居間の縁側で、障子にもたれて煙草を吸っていた周平は片手を差し出した。系列の暴力団に所属する構成員ふたりは、めいめいに万札を置く。

「なぁ、あの髪の長い方さ。この先、どうすんの？　おれが面倒見ようか」

ひとりが、周平のそばにしゃがみ込む。

「ダメっすよー。アレの旦那、明後日《あさって》帰ってくるから」

細いメンソールの煙草をふかし、二十代後半の周平は軽い口調で答えた。万札を握りしめた手で片膝を抱える。いかつい男たちが驚き、目を見開いた。

「本物の人妻かよ！」

「明後日？　ってことは、あと一日？　おれ、もう一回ヤッてくるわ」

しゃがんでいた男がさらに一万円札を出した。

「明日も来るんスか」

「来る、来る」

焦った男は何度もうなずき、周平は眼鏡の向こうの冷めた目を細める。

「他も試してくださいよ」

「とりあえず、あっちだよ。おまえ、先帰っといて」

連れの肩を叩《たた》き、男はいそいそと部屋を出ていく。

「休ませてやらねぇの？」

残ったひとりが煙草を取り出した。周平とは距離を置いて、縁側にあぐらをかく。

「これぐらいの数で壊れるわけないじゃないですか」

「ほんと、おまえ鬼畜」

二十代後半の男は、昔入れた剃《そ》り込みが消えない坊主頭をガリガリ掻いて笑う。

「ふたりがかりで遊んでおいて、よく言うよ」

万札をズボンのポケットに押し込んで、周平は肩を揺すった。ここに出入りする男でまともな人間はひとりもいない。誰もがスネに傷を持つヤクザものだ。

「あれー？　おまえも来てたの？　連チャンじゃねぇ？」

悪趣味な柄シャツの男が部屋に入ってきて、万札を差し出す。

「違うっつーの」

坊主頭がげらげら笑い、柄シャツの前を全開にした男は煙草をもてあそぶ。

「おまえ、３Pやってただろ。複数も同じ料金？」

「そうそう」

「ふーん。じゃあ、今度、ツレ呼ぼう」

柄シャツ男が、坊主頭からライターを借りる。

「終わったら、さっさと帰れよ。噂になるだろ」

つまらなさそうに言った周平の言葉に、男たちは揃って眉をひそめた。

「よく言うよ、おまえ。噂にならないわけ、ねぇだろ。ここじゃなきゃ行けるのにって、幹部連中が悔しがってるぐらいだぞ」

「来ればいいだろ」

「できるか！」

柄シャツの男が、転げ回りそうな勢いでげらげら笑う。

ここは関東でも最大の暴力団組織、大滝組の本家だ。

その母屋の一室が売春部屋になっていることは、組の中でもひそかな噂になっていた。

利用しているのは主に下級クラスの構成員たちだ。

「幹部連中はパーティーの方で愉しんでるらしいじゃん」

坊主頭が煙を吹き出す。

「そっちはバカ高い金取ってんだろ」

「あんたらには払えねぇよ」

周平はシニカルに笑い、視線を庭へと向けた。その態度が男たちをイラつかせると知っていたが、仲良しごっこをするつもりもない。

自分が仕込んだ女を抱かせて、金をもらっているだけの関係だ。

「今回も、そろそろ店仕舞いの頃だよ」

煙草を揉み消して、周平は男たちを振り向いた。

「あぁ……」

男たちは視線を交わし合い、ちらりと周平を見る。

周平の仕切っている売春は、大滝組に公認されていない。ましてや、現場は本家の母屋の一室だ。

万が一のときには、指の一本や二本を飛ばしても片はつかない。それもまた噂の的だった。

「おまえさ……、またやるつもりか」

柄シャツの男が声をひそめる。

「さぁ、どうだろうな」

周平は適当に答えた。どうせ責任を取るのは、周平ひとりだ。

女を抱いた連中は、巻き添えを食っただけのことで、上から叱《しか》られても指が飛ぶようなことにはならない。だからこそ、客がつく。

「怖いもの知らずだよなぁ」

坊主頭が最後の一口を吸って、煙草を揉み消した。

「俺も、もう一回、行っとくかな。ん？　てめぇのあとか」

「おー、俺がやったばっかだ。ガバガバかもな」

「つまんねぇこと言うな、ボケ」

そう言いながらも、坊主頭の男は万札を周平に渡して立ちあがる。男が出ていってから、柄シャツの男は新しい煙草に火をつけた。

「岩下、おまえ、なにのつもりでこんなことやってんの。幹部にいくらか払ってんだろうけどさ。それでも本家の屋敷だ。危なすぎるだろ」

「……嫌がらせ」

肩をすくめた周平に、男はがっくりとうなだれる。

「お嬢さんの愛人だって噂、あれは」

「冗談じゃねぇよ。あんな鬼女相手に勃つか……」

「その言い方はねぇだろ。お嬢さんはな」

男の声に苛立ちが滲み、周平は無表情に振り向く。

「まさか惚れてんの？」

「あんまり迷惑かけるなよ」

「はいはい。わかりました」

いい加減な返事をして立ちあがった。正義感ぶった忠告なんて、一番虫唾《むしず》が走る。

「おい、聞けよ！」

凄《すご》んで振り向く男を冷静な目で見下ろし、周平は唇の端を歪めた。

「次は、『お嬢さん』に似た女を仕込んどいてやるよ」

「岩下！」

勢いよく立ちあがった男が摑みかかってくる。シャツの胸元を締めあげられ、周平は顔をしかめた。バカ力を引き剝がそうとした瞬間、居間の襖《ふすま》がスパンと開く。

弾《はじ》け飛んだかと思うほど大きな音が響き、揉み合うふたりは同時に振り向いた。

「周平！　あんた、またやってんの！」

鋭い女の声が空気を震わせ、柄シャツの男は周平から飛びすさって逃げた。

「お、お嬢さん」

頭を下げ、全開になっていたボタンを慌てて留める。

現れたのは、大滝組組長の娘である京子だ。

艶《つや》のある髪がやわらかな波を描き、ヤクザの娘らしい気の強さが眉間《みけん》のあたりにまざまざと現れている。

京子は、テーブルの上にあった新聞を摑み、手慣れた仕草で手早く丸めた。

「やめろって、言ったでしょ！」

怒鳴りながら、丸めた新聞紙で周平の後頭部を思いきり叩く。

「やめましたよ」

ムッとした様子も見せず、周平はへらへらと笑って答えた。

それがカンに障るのか、京子の眉が引きつる。

「組の屋敷では二度とするなと言ったのよ！」

「そうは言わなかったたな」

「口答えするつもり！」

「言われてないんだから、口答えでもないだろ。俺に頭下げさせたかったら、布団の上で一勝負すれば？」

「誰が、あんたと！」

京子が畳をどすどすと踏み鳴らす。柄シャツの男も肩をいからせた。

「岩下！　お嬢さんに、なんて口利いてんだ！」

「俺の女にひぃひぃ言わされてきたばっかりで、よく言うよ」

「おまえぇ！」

周平に飛びかかろうとした男の頭を、京子が新聞でバシリと叩いた。

「うるさい！」

ついでに周平の頭もはたく。

「周平！　二度と、屋敷の敷地内に……、事務所もよ！　絶対に、商売女を連れ込まないで！」

「あー、あれ、全員シロウト」

「うっさい！　とにかく、売春はダメ！」

「大事なシノギだろ」

「よそでやれ！」

怒鳴った京子の新聞紙が、周平の頬を張りつける。

「はいはい。今後は控えます」

「二度とするな！」

「うっせぇなぁ」

「なに!?」

「そんなんだから、嫁のもらい手がないんだよ。かわいくない女」

「あんたみたいな、頭の先から足先まで汚れきった男に言われたくない！」

京子がどれほど激昂《げっこう》しても、周平はしらっとした表情のままだ。組長の娘だとへりくだることもなければ、女だからと侮っているのでもない。

何事にも興味を持てない、いつものつまらなそうな顔で、くちびるの片端を吊りあげた。

「自分は、頭の先から足先まできれいだって言うのかよ。ふぅん。都合がよくって笑える」

「岩下。やめろ、もう、やめろ」

ボタンを喉元まで留めた男が、周平に取りすがる。その肩を、乱暴に押しのけた。

「外でシノいできますよ。お嬢さん。あんたが身に着けてるブラジャーもショーツも、糸の一本ぐらいはさぁ、俺の股間で稼いでんだよ？　そこんとこ、よろしくね」

ポケットに両手を突っ込んで身を屈めた周平の頬を、京子が素手で思いっきりぶった。

高い音が部屋に響く。

「自分の金だよ！　この腐れチ○ポ！」

乱暴な口調で威勢よく怒鳴られ、周平は手を伸ばした。冷静な目で見つめ返し、京子のあごを摑む。

「顔を殴るな」

「たいした顔でもないわよ」

ぎりっと睨まれ、周平は手を引いた。そのまま部屋を出ようとした背中に、京子の声がかかる。

「周平！　いい加減、落ち着きなさい」

「だからさー。うるさいんだよ。あんた、俺の母親か？　……あぁ、そうだ。あっちの部屋に女が入っているから、いまから行って止めてこいよ」

「あんたの仕事でしょう！」

「金はもうもらってるし。あとは知らねぇ」

そう言い残して、ふらりと部屋を出る。なにかを怒鳴り散らしている京子の声は、廊下をかなり行った先でも聞こえたが、追いかけてくる様子はなかった。代わりに、

「ちょっと、あんた」

ダイニングと台所が一緒になっている部屋から声がした。老家政婦に呼び止められる。

無視しようとしたが、腕を摑まれてしかたなく振り向く。

「いい加減におしよ。……この屋敷で、あんなこと……」

見据えられ、見つめ返した。

「金がいるんですよ。ヤクザはこれからもっと、金がいりますよ」

そう、うそぶいた。家政婦が忌々しげに息をつく。

「それは道理だろう。でも」

「外で稼ごうが、身内から巻きあげようが、金は金じゃないですか。……ヤクザのシノギが、きれいなわけない」

「それなら、京子お嬢さんを怒らせるのだけでも、やめておくれよ」

「あれでいて、ストレス発散になってるんじゃないですか」

「そんなわけないだろう」

ぎりっと睨まれ、視線をそらす。

「いいのは顔と頭だけだね。あんた、性根が腐ってる」

「だから、この組にいるんですよ」

笑って言い返し、しわだらけの手を引き剝がした。

そのまま屋敷を出て、大通りでタクシーを捕まえる。腕に巻いた高級時計に目を向けた。忘れていた疲れがどっと押し寄せ、後部座席に座った周平は眼鏡をはずす。まぶたを押さえた。

大滝組のひとり娘である京子に拾われて一年。

変わったのは、大滝組の看板がついたことと、口うるさい女の束縛がついたことだ。仕事は若干やりやすくなったが、京子には辟易《へきえき》する。

知り合ったのは、周平の愛人がきっかけだ。色事師の今後を心配した愛人は、周平を京子に任せるのと引き換えに嫁へ行った。惜しいほどの相手じゃなかったが、わずかな情ぐらいは感じていたのだ。自分と離れた方が幸せだとわかっていても、勝手に決めた京子に対しては反発した。

でも、それが発端で京子とうまくいかないのなら、問題はもっと簡単だっただろう。周平が気に食わないのは、自分をがんじがらめにしていた借金が京子によって清算されたことだ。

その上、自分の言う通りにしろと命令されて吐き気がした。

女に人生を翻弄《ほんろう》されて背負わされた借金を、別の女に、さらりと解決されたのだ。自分の人生がまた女によって翻弄されようとしている危機感を抱いても、なんら不思議はない。

それでも、京子の下に身を寄せたことで親兄弟への取り立ては収まった。周平はしかたなく、大滝組へ金を運んでいる。借りた金と恩を返す必要があるからだ。

『恩』という言葉にくちびるを噛み、周平は煙草を口に挟んだ。火はつけずに腕を組む。

心の中はいつも苛立っていた。

勉強漬けで過ごした思春期に、まったく反抗期がなかったツケなのかも知れない。内にこもった感情はぐるぐると渦を巻き、手酷《てひど》く女を抱いたところで晴れることもない。

窓の外へ目を向け、自分の肩へ手を押し当てる。

入れ墨が引き起こした高熱の苦しさを思い出し、眼鏡を顔に戻した。何事もなかったような冷静な顔つきで、髪をかきあげる。

どん底にいる自分をあざ笑うと、わずかに胸がスッとした。

それがどれほど虚しいことか、知っているから繰り返す。

心の中が空っぽになれば、感情で痛む傷もなくなるはずだった。

抱きつぶした女のあごを摑んで揺すると、だらしなく開いたくちびるの端から唾液が垂れる。肉づきの柔らかな腰をバチンと叩き、周平は身体を離した。

汗で濡れた髪をかきあげ、ベッドのそばに置いてある黒いシルクのガウンを羽織る。

「また、失神させてんの？　どんだけ絶倫なんだよ」

軽い口調で話す男の声がして、振り向いた周平の目の前に、ビールのグラスが突き出される。

「向こう、どんな感じ」

受け取って、一気に飲み干す。いつのまにか部屋に入ってきていた若い男は、バスローブ姿で、ベッドに片足を乗りあげた。

「盛況だよー。政治家、混じってるね」

「ビデオは」

「うん、回した。女の身体がいいってさ、別の客が喜んでたよ。まー、当たり前だな。丹精込めて、仕込んでるもんなぁ」

ぐったりと横たわる女の胸をもてあそび、男は肩をすくめる。

「この女も人妻？　よくもまぁ、人のものをこうも次々落とすよ」

今回の乱交パーティーは、女たちをほぼ人妻で揃えた。それがＯＬだったり、女子学生だったりすることもある。

いわゆる一見さんお断りの紹介制秘密パーティーで、男の方はみんな目元を隠して参加している。女を選んだあとは個室へ移動するもよし、その場で始めるのもありだ。

「そういえば、また姉ちゃんを発狂させたって？」

女の胸を摑んだままの男が、手にしたグラスをあおる。

周平の仕事のパートナーであり、京子が清算した借金の元手を賄った男だ。まだ大学生に見えるが、実年齢は、フレッシュマンとして社会に飛び出す新卒と同じ。周平よりも年下だった。

「抱いてない」

周平が答えると、男は顔を歪めた。

「んなことは、わかってる」

悠護は、京子の弟だ。資産家から預かった金を右へ左へと動かす仕事をしているらしく、不況を感じさせないほど金回りがいい。

実際になにをしているのかは知らないが、大滝組を継ぐつもりはまったくないのだと言う。それでも、周平を手伝うことで、実家のシノギを裏から助けていた。

「悠護。おまえ、どの女と寝てきた？」

「テキトー。そんなことより、姉ちゃんだよ。なにやったんだ」

「屋敷の空き部屋で、チョンの間やったらぶっ叩かれた」

「……アホか」

大阪で過ごしたことのある悠護は、ときどき関西の言葉を使う。

「オヤジにバレたら、指飛ぶよ」

「飛ばない」

端的に答え、周平はピッチャーの水をじかに飲む。

「……おまえさぁ」

悠護がおそるおそる声をかけてくる。周平はちらりと視線を返した。

「組長さんにも、いいのを回したんだよ。まぁ、ご本人はなにも、ご存知ないですけど」

冗談めかして、ことさら軽く答えた。

「ま、じ、で!」

のけぞった悠護が、直後に頭を抱える。

「それ、絶対に、姉ちゃんには言うなよ。俺にまでとばっちり来る!」

「まだまだ、夜もお強いらしいよ」

「うわー。言うな、言うなー。オヤジのシモは知りたくねー」

手のひらを耳に押しつけたり離したりしながら、悠護は大声を張りあげる。

「わかった、わかった。言わないから」

近づいて手を止めさせ、周平は開いたままだった自分のガウンの前を閉じた。腰ひもを結ぶ。

「周平。ビデオ関係はさ、次を最後にして。おまえは、裏に回って」

冷静を取り戻した悠護が足を組む。

「入れ墨に特徴があるから、本数がかさむと特定されるから面倒だ」

絵面的にも流通させにくいと、それは周平も感じていたところだ。

「そろそろ、雑な商売はやめにした方がいいだろ。おまえもそう思ってるだろ?」

立ちあがった悠護が、テーブルの上の煙草を引き寄せる。周平はライターの火を差し向けた。

「おまえさー。もうちょっと真剣にやらない？」

悠護が煙草をふかす。煙がふたりの前で、もわもわと広がった。

アダルトビデオの女優や風俗嬢のスカウトをしていた周平は、いつしか女を抱くことで生計を立てるようになっていた。

「姉ちゃんが言ってることはもっともなんだよ。セックスが好きなのはいいけど、もう三十も近いんだしさぁ。男として、な？」

「姉弟揃って、説教か」

「まー、当たり前だろ。姉ちゃんはおまえを買ったし、俺は金を払った。それでも、俺たちは、いい雇い主じゃないの？」

煙草を指に挟み、悠護は小首を傾げた。京子とよく似た瞳には、独特の鋭さがある。

ベッドの上の女が意識を取り戻したことに気づくと、尻を叩くようにして部屋から追い出した。

「……いつまでも、雇われ店長じゃ嫌でしょー。岩下周平さん」

歩いてきた悠護の拳が、トンッと胸にぶつかった。

「俺の金、いくらでも貸すからさー。大きな博打《ばくち》、打てよ」

見つめてくる悠護を、周平は睨んだ。

「そうそう、その目ね。俺が女ならぞっこんだったなぁ。まぁ、俺も姉ちゃんも騙されないけどね。でも、おまえの本質には賭《か》けてる」

「……弘一《こういち》さんがいるだろ」

岡崎《おかざき》弘一は、京子の恋人だ。大滝組傘下の小さな組の構成員だが、それで終わるにはもったいないほどの親分気質を持っている。

「だからさ。あの人を上に行かせるには、組織力がいるだろ？　そのためには、とにかく金だよ。俺が出すんじゃなくて、シノギの形態を取った金庫が必要だと思わない？　箔《はく》がつくし」

「俺にやれって言うのかよ」

煙草に火をつけ、周平はテーブルを離れた。

「周平も、弘一さんのことは好きだろ」

「……知るか」

そっぽを向いて、煙草をふかす。

面倒見のいい陽気な男は、責任感と思い切りの良さをごった煮にしたような勢いがある。背中に『漢《おとこ》』と書いて歩いているような汗臭い熱血ぶりだ。周平のように乾いた男には、あまりにどぎつい。なのに、どこか、嫌いになれなくて。たぶん、好きだった。

まっすぐに目を見て、まっすぐに話す口調には微塵も嘘がない。ヤクザのくせにそんなふうだから、憎めないのだ。

「俺たちと一緒にさ、あの人にてっぺん見せてやろうよ」

イスに座った悠護が足を組む。その目だけが真剣だった。

「京子さんが嫌がるだろう。俺なんかをあの人のそばに置いたら」

「……なにのために、おまえを拾ったと思ってんの？」

悠護が灰皿の端で煙草を叩く。

「汚れ仕事……か」

「嫌いじゃないだろ」

軽く言われて睨み返す。好きで入ったヤクザ社会じゃない。

無理やり背負わされた入れ墨と、惚れた女の裏切りが重たすぎて、這い出せないのだ。

女なんてたいした存在じゃないと、食い散らかすように抱いても、結局、女の身体になにかを求めている。でも、返ってくるものが微塵もないから、虚しさで気が狂いそうになる。

空っぽになりたい反面で、心をぎっちりと埋めていたかった。

「姉ちゃんは、おまえのこと心配してるんだよ。あの人の中身は男だからさぁ。惚れたとかそういうんじゃなくて……わかる？　もったいないって、いつも言うよ」

そう言って、悠護は口を閉ざした。

煙草を揉み消し、イスの肘掛けを摑んで天井を仰ぐ。

「ここだけの話なー。聞いたら忘れて欲しいんだけど。悔しいってさぁ、泣くんだよなー」

「はぁ？」

ぽかんとした周平に向かって、悠護は顔をしかめた。

「信じられないだろ。もったいない、悔しいって、姉ちゃんが泣くからさー。本当ならさ、おまえが落ち着いたら、姉ちゃんから持ちかけるって話になってたんだけど。おまえは全然ダメだし……。かといって、おまえ以外は想像できないんだよ、俺たち」

「……期待しすぎだ」

「そう？　本当に？」

悠護は、屈託なく笑う。白い歯を見せ、自分の足首を摑んだ。

「こんなところで終わりたくないって、おまえの入れ墨の中に本音がさぁ、いつも見えてるけどな。自分の背中、見たことないだろ？」

「悠護」

「おまえは心のない男だけどさぁ。それ、空っぽだからだ。その中身、弘一さんならくれるぞ」

悠護の声が、びりびりと胸を震わせる。

手を焼くほど短くなった煙草に気づかず、周平は拳を握った。立ちあがった悠護が近づいてきて、火傷《やけど》する前に周平の拳を開く。落ちた煙草を拾いあげた。

「俺に返事しなくていいよ。あらためて姉ちゃんが頭を下げる」

「下げるって……」

煙草を灰皿へ捨てた悠護が振り向いた。

「弘一さんを『男』にするためなら、あの人、おまえと寝るんじゃない？」

「ふざけんな」

願い下げだと周平は顔を歪めた。

「ウソウソ。土下座ぐらいはするって話。でも、させるなよ」

そんなことをさせれば、岡崎が黙っていないだろう。

周平はうなずくでもなく、立ち尽くしたままで壁を見つめた。自分の感じる閉塞《へいそく》感は、永遠に続くと思っていた。本当は天井のない、ただの囲いなのかも知れない。誰かが手を差し伸べてくれれば、新しい世界が見える。

それが、たとえ、薄暗い裏の社会だとしても。

ずっと停滞しているよりはいくらもマシに思えた。


出会い頭に拳で殴られ、周平はくちびるを拭った自分の手の甲に血を見た。

顔を貸せと言った岡崎に連れられ、大滝組の事務所に入った直後のことだ。

「京子に突っかかるな。あいつは、おまえを騙した女じゃないだろ」

女なんてどれも一緒だと言いかけて口をつぐむ。いつもなら、生意気に答えた。だけど、悠護の話を聞いたあとでは、以前のようには言えない。驚いたように濃い眉を跳ねあげた岡崎が、熱でもあるのかと問いかけてきて、周平は肩を揺すった。

「ないですよ」

ずれた眼鏡を直し、髪をかきあげる。

「あのなぁ、周平。あいつは強く見えるけど、まー、実際に恐ろしいほど頑丈な性格だけどな、それでも女なんだよ」

「それ、本人に言ったら殴られますよ」

「おー、わかってる。恐ろしくて言う気にもなれねぇ。でも、やっぱり女だ。昔のことを蒸し返すようなことは、言わないでやってくれ」

「……まぁ、弘一さんが言うなら」

ぼそりと答えると、面と向かった弘一があとずさる。

「おまえが素直だと気味が悪いな。まさか、悪い病気だとか言わないよな？　余命がないとか」

「言いませんよ。ちょっと思うところがあって、遅い反抗期を気取るのも飽きてきただけです」

「ついでに下半身もマシにならないのか」

「それは、お互い様でしょう」

「おまえほどひどくねぇよ。俺は」

三十代半ばの岡崎は、男として脂が乗り始めている。

いまはまだ小さな組にいるが、それがもったいないと言われるほどには名前を売りつつあった。大滝組の中でもなにかと重宝されている、隠れた出世株だ。

「なんだよ。そんなに素直に反省してるなら、殴ることなかったじゃねぇかよ」

「殴られ損は俺です」

「殴った方も、拳は痛むんだよ」

岡崎はからりと笑う。

「昼メシ、奢ってやる」

「俺が奢りますよ」

金回りは、周平の方が格段にいいのだ。

「俺にも面子《めんつ》ってものがある」

「そういうのは、よそでやってよ。俺はあんたの舎弟じゃないし」

「つれないこと言うな」

岡崎が眉をひそめ、周平は笑みを浮かべた。

「舎弟にするつもり、あるんですか？」

事務所のガラス扉を開けながら聞くと、

「おまえは大滝組預かりだろ。下部組織の俺とじゃ、釣り合いがな」

岡崎は笑って答えた。その顔をひょいと覗き込む。

「京子さんと結婚して、うちに来たらどうです」

「……めったなことを言うな」

京子との関係はまだ、ほとんどの人間が知らない話だ。

「俺のオヤジはひとりきりだ。それは変えられない」

まっすぐな目をした岡崎は昔気質《むかしかたぎ》だ。そこが、京子と悠護をヤキモキさせる。

男振りに惚れ、大滝組の後継者として望んではいるが、まず所属している組から引き抜くことが容易じゃない。下手を打てば、京子との付き合いもやめると言い出しかねないところがある。

「じゃあ、俺に奢る金で、組長さんにお土産《みやげ》でも買ってください。魚のうまい店、見つけてあるんで、そこ行きましょう」

「だからなー、周平」

「誰が出してもいいじゃないですか」

周平が歩き出すと、岡崎はまだ食い下がろうとした。男の沽券《こけん》だなんだと言い出したところで、背後から声がかかる。振り返ると、目の覚めるような、覚めすぎて気分が悪くなりそうな、眩《まぶ》しいアマガエル色のテラテラしたなにかが走ってきた。

それが人間だと、周平が理解するまで、数秒かかった。それぐらい、洋服としてはありえない色をしている。近くで見ると、玉虫色に光っているのがわかり、なにを考えて合わせたのか問い詰めたくなるパッションピンクのジャージパンツにも目眩がした。その上さらに、足元は汚れた白い靴下で、便所草履をつっかけている。

「弘一さん。財布！」

アマガエル色がしゃべった。

「あ、やべ……」

自分の身体をペタペタ触った岡崎は、いまになって財布を持ち忘れたと気づいたらしい。

「奢る以前の話ですよ」

周平は笑いをこぼした。

「よかった。出かけるのに、間に合った？」

こおろぎ組の下っ端だろう。若い男は、やけにキラキラした目で岡崎を見た。

でも、口の利き方はまるでなっていない。岡崎は気にするでもなく、

「間に合った、間に合った」

ご褒美を待っている子犬のような相手に笑いかける。

趣味の悪いアマガエル色のウィンドブレーカーを着た男は、野暮ったい眼鏡までかけていたが、周平には瞬時に裸眼の素顔が想像できた。

ぼさぼさの髪と服装がネックだが、顔は女みたいにきれいだ。でも、なよなよした雰囲気はない。眼鏡の奥の瞳は鋭く、退廃的な憂いが見え隠れする。

その素顔を岡崎は知っているのだと思うと、甘やかすような声色も理解できた。

「一緒に、連れていきますか？」

周平が声をかけると、

「こいつは無理」

岡崎はやけにはっきりと口にした。それから、男へ向き直り、財布から出した千円札を握らせる。

「駄賃やるから、帰ってろ」

「ん」

まるで歳の離れた弟のようだ。舎弟らしからぬ態度でうなずいた仕草は幼い。

男はそこで初めて、周平に向かってぺこりと頭を下げた。

とはいえ、挨拶ひとつ口にするわけでもない。また岡崎へ向き直った。

「夜はうちで食べる？　今日は鍋《なべ》やるって。帰って、つみれ作るから」

「帰ってこいってことだろ？　帰る、帰る。つみれ鍋か……。なんか、いい酒買って帰ってやるよ。ポン酒か？　焼酎《しょうちゅう》か？」

「ポン酒だなー」

「わかった。気をつけて帰れよ。……それ、パチンコに吸わせるなよ」

「うっせ」

顔をくしゃりとさせて笑った男は、どこかあどけない。

そのまま軽く手を挙げ、現れたときと同じように走り去っていく。便所草履でよく走れるものだと感心して見送った周平は、ちらりと岡崎を見た。

「組を抜けない理由。あれですね」

「はぁ？」

すっとぼけた岡崎がタクシーを止める。ふたりで乗り込み、周平が行先を告げた。

「見かけは『歩く暴力』だけど、顔はきれいじゃないですか。男にしとくにはもったいないっていう……ね」

「なにの話だよ」

なおも笑ってごまかす岡崎は、この話題を避けている。一緒にどうかと誘ったのを即座に断ったのも、男相手もイケる周平と接触させたくなかったからだろう。

「もう手を出してるんですか。男もイケるとは知りませんでした」

「おまえと一緒にするなよ。あいつはなー、ウブなんだよ。ちょっと触っただけでも、怒るからなぁ」

思い出して笑う横顔は、京子の話をするときの何倍も穏やかで、それはちょっとどうなのかと、周平ですら心配になる。

「で、組長への土産が、あの男を喜ばせるための酒になるわけですか」

「……あいつ、酒の入ったときはかわいいんだよ」

「いや、さっきもじゅうぶん、子犬みたいでしたよ。あんたに、これでもかって尻尾《しっぽ》振ってたじゃないですか」

周平の言葉に、岡崎が真顔で振り返る。

軽い気持ちで口にした周平は、なんとも言えない気まずさを覚えた。

「自覚ないんですか。あんたに褒めてもらいたくて、目なんかキラッキラでしたよ」

「マジか……マジか」

「だからって、今夜落とせそうだとは、俺、言ってませんよ」

思わず釘《くぎ》を刺してしまう。

「なんだよ」

「あからさまにがっかりしないでください。京子さんは知ってるんですか？」

「知ってる、知ってる」

笑って答えた岡崎は、腕組みで窓の外を見る。

「うまくいくといいですね」

にやつく頬に向かって言うと、岡崎は咳払《せきばら》いでごまかし、眉根にわざとらしいシワを刻んだ。

「黙ってろ」

「まー、趣味の悪い服も、脱がせば一緒ですから。でも、あれはなかったな……。まだ目がチカチカする」

「おまえ、勝手に妄想するな」

拳でこめかみを小突かれ、周平は窓に軽く頭をぶつけた。

「なんて名前ですか？　今度、お茶に誘いますよ」

身体を戻して軽口を叩く。

「ぶっ殺すぞ」

思わぬ目つきの鋭さで睨みつけられ、

「……本気かよ」

タメ口で笑った周平は両手を挙げた。

「粉はかけません。誓います」

「あったり前だろ。あいつになんかしてみろ。おまえだろうが、なますにしてやるからな」

ふんっと鼻息荒く、岡崎はふんぞり返る。

周平はそんな岡崎の横顔を盗み見て肩をすくめた。豪快なくせに、どこか不器用な人だ。嘘がつけず、きれいな花を手折ることに躊躇《ちゅうちょ》する優しさもある。

だから、命を懸けても惜しくない。そう思う。

岡崎を清廉潔白でいさせるためなら、どんな泥もかぶってやろうと、周平は静かな気持ちで決めた。それがこの人を苦しめもするだろう。でも、腹をくくれば、きっとどこまでも昇っていく。岡崎にはその可能性と、実力がある。

「周平。うまい焼酎、見繕ってくれよ」

「日本酒でしょう？　任せてください。おいしく酔えるのを選びます」

前を向いたまま、周平はお安い御用だと請け負った。

＊＊＊

それが佐和紀だったと、いまでも周平は知らない。

『歩く暴力』と表現した下っ端のことなど、きれいさっぱり忘れている。岡崎もまた、そんなささやかな一瞬を覚えてはいなかった。

「佐和紀」

廊下で呼び止めた相手が、くるりと振り返る。こぎれいな髪と細い蔓《つる》の眼鏡。さっぱりとした和服の上には、綿入れを羽織っている。

「いい焼酎あるぞ」

「マジか」

レンズの向こうで、目が光る。

「つまみをもらいに来たところだ。飲むか？」

「若頭、じきじきに取りに来たの」

「飲むのは、俺ひとりだ」

「じゃあ、俺が取ってくるよ。どこ？　そっちの離れ？」

「そこでいいだろ」

立てた親指が示すのは、母屋の居間だ。こたつもある。

「グラスも持ってこいよ。お湯はある」

「じゃあ、湯呑みにする」

そう答えて、佐和紀は母屋のダイニングに顔を出した。家政婦が用意していたつまみは、炙《あぶ》った明太子に、糠漬《ぬかづ》け各種。それからシシャモ。

湯呑みもトレイに載せ、佐和紀は居間へ向かった。

「うまそうだな」

こたつに並べたつまみを前に、岡崎の声が弾む。

「疲れてんの？」

佐和紀が聞くと、一升瓶の栓を抜いた岡崎が湯呑みに焼酎を注いだ。

「疲れもするよ」

そう言って笑う目元には、出会った頃はまだ薄かったシワが深くなって刻まれていた。

「まぁ、そっか」

差し出された湯呑みにお湯を入れて焼酎を割る。

「しかたないよな。あんた、大滝組の若頭だし。シシャモの頭、取ろうか」

佐和紀が声をかけると、岡崎の頬がほころんだ。

「え？　だよな？」

笑われたことに驚いて視線を向けた。こおろぎ組にいた頃、岡崎はシシャモの頭を食べなかった。間違えたかと思ったが、

「そうだ」

と岡崎がうなずく。

「うん。な……」

佐和紀もうなずいた。シシャモの頭をもいで、尻尾を持って差し出す。すると岡崎は、

身を乗り出してかじりついた。

「子どもかよ。いい歳して……。介護には早いだろ」

「おまえにも食わせてやろうか」

「うっせぇ、うっせぇ」

粗雑に答え、佐和紀は湯呑みに口をつける。

「うまいな、これ。昔さ。鍋かなんかしたときに、すげぇうまい焼酎飲んだよな」

「そうか？」

「鍋じゃなかったかな。うますぎてさ、飲みすぎて……」

そこまで言って、佐和紀は口をつぐむ。

「なんだ？」

「なんでもない」

「なんだよ。言いかけてやめるな。むずむずするだろ」

「……思い出したくなかった」

「まぁ、おまえが酔えば、な」

口にしなくてもわかったのだろう。岡崎は苦笑して酒を飲む。

あの頃、岡崎はいつもきっかけを探していた。

たとえば、キスを盗めるような隙だ。そして、酔ったときはいつも、佐和紀が熱を帯びるのを待っていた。

自慰の苦手な佐和紀は、酔いに任せた岡崎に言いくるめられ、何度かその手でイカされた。こおろぎ組が傾く前の話だ。

佐和紀はまだ岡崎をアニキと慕い、純粋な憧《あこが》れを向けていた。

「おまえは、かわいかったな」

「うっせぇよ。黙れ」

「……おまえを連れてくることができていたら、どうだったろうな」

岡崎の手が、自分の腕をそっと撫でる。そこに切り傷が残っていることを、佐和紀は知っていた。こおろぎ組を出ると決めた岡崎が、最後に夜這いを仕掛けてきたとき、抵抗した佐和紀がナイフでつけた傷だ。

「弘一《こういっ》さん。あんたが組を裏切らないで、ひとりで来てたら……俺、抵抗できてないよ」

数人がかりで押さえつけられ、複数の慰みものになるような場面だ。抵抗するよりほかなかった。それよりなにより、裏切りを知った佐和紀は怒っていたのだ。

「言うか。それを」

シシャモをかじり、岡崎は遠い目をした。

いまはもう身も心も周平のものだから言えるのだと、それはお互いにわかっている。

あれは過去の話だ。いまとなっては遠い、思い出の話でしかない。

「おまえ、俺のこと好きだったのか」

見つめられて、佐和紀は首を左右に振った。

「それは違う。ただ、あんたには逆らえなかったんじゃないかなぁ、って」

「好きってことだろ」

「だから、それは違うって」

「なんでだよ」

「惚れてるんじゃなくて、憧れ？　みたいな……」

「でも、させたって言うんだろ」

「まー、しかたなく」

「なんだよ、しかたなくって……」

不満げな表情になった岡崎は、それきり黙って酒をあおった。佐和紀も特に話すことはない。ふたりで窓の外を眺め、雪はいつ消えるだろうか、もう今年は降らないだろうかと、その程度の会話をぼそぼそと交わす。

「俺は、勇気がなかったんだな」

岡崎がぼそりと言い出し、

「ん？」

佐和紀は首を傾げた。

「おまえを真っ向から口説くなんて、できなかった」

「それは、周平もしてねぇよ」

濃いお湯割りで酔い始めた佐和紀は軽く答えた。

「したのはさ……」

言いかけて、佐和紀はふっと息をつく。

「ゴーちゃんは、俺を女だと思い込んでたもんな。数に入らないか」

「悠護か……。あいつが荒れた理由は、おまえだったんだろうな」

「荒れたんだ」

「荒れたぞ。周平とつるんで、目も当てられなかった」

「俺のせいじゃねぇよ」

「いや、おまえのせいだろ。カンペキ」

じっと見据えられ、

「俺のせいにすんなよー」

佐和紀は横向きに倒れた。

「気にしなければいいんだよ。おまえが原因だけど、悠護は立ち直ったんだ」

岡崎の手が、犬でも撫でるように佐和紀の髪を揺らす。

「あんたも悠護も、嫌いじゃなかったんだよ。でも、周平とは違う」

「だろうな」

苦い顔で笑った岡崎の指はなおも佐和紀を撫でる。振り払わず、佐和紀は目を閉じた。

「あいつだけが、特別なんだ」

静かに口にすると、胸の奥が熱くなる。

「おまえが幸せなら、それでいい。悠護もそう思ってるだろう。……まぁ、引っかき回さないとは、言えないけどな」

「まじかよー。うっとうしいよー」

声をあげながら、届けられたＤＶＤを思い出し、佐和紀は低く唸《うな》った。ＤＶＤは自室の衣装簞笥《だんす》の奥深くにしまってある。割って捨ててもよかったが、なんとなく、本当になんとなく、もう一度見たい気がして捨てられなかった。

畳の上に敷かれたマットを指先で掻いた佐和紀は、居間の戸が開く気配に気づく。

「浮気現場だ」

男の声がした。

ラフなジャージ生地のリラックスパンツが見え、その上にはふっくらと編みあげたセーター、そして、いつもの眼鏡をかけた周平が笑っていた。手には湯呑みを持っている。

「俺が帰るまで待つって、言ってたじゃないですか」

岡崎に向かって、周平は恨みがましく言う。佐和紀にはひとりで飲むと言ったが、本当は約束があったのだ。

「佐和紀がな、ふらふら寂しそうに歩き回ってるから」

「いや、俺は普通に歩いてた」

佐和紀はすかさず言い返す。周平がふたりを見比べ、その間に座る。佐和紀が隣にずれた。

岡崎が一升瓶のふたを取り、周平の湯呑みに酒を注いだ。

「弘一さんに甘えるなよ、佐和紀」

「してねぇよ。そんなこと」

「本当か？」

佐和紀を覗き込んだ周平の目が、すっと細くなる。今日もしびれるほどに男前だ。平成の伊達男《だておとこ》と揶揄《やゆ》されるだけのことはある。それがからかいだけの意味でないことは、周知の事実だ。真似ができるものならしてみたいと、スリーピースを着た周平のかっこよさを噂する若手は多い。

「俺の前でキスするなよ。本気で殴るぞ」

「……知らねぇよ」

周平が兄貴分に対するものとは思えない乱暴な口調で言った。

そして、佐和紀の首に腕を回すと、すかさずくちびるを吸う。ちゅっと甘い音がして、眼鏡がぶつかった。

「やめろって」

身体を押し返した佐和紀の目は、それでも周平の瞳を追いかけてしまう。ほどよく酔った身体は、周平の方へと傾いだ。

「くっそ」

拳を握った岡崎は、その手を振りあげることもできずに、ふるふると肩を揺らす。

「そういう顔をするな」

佐和紀を見た岡崎が途方に暮れる。そのつぶやきを聞きつけ、周平はにやりと笑った。

「かわいいでしょう。俺が、こういう顔をさせてるんですよ？」

「ぶっ殺したい……」

「物騒だろ」

佐和紀はケラケラと笑い、ふたりを見比べる。

「仲良しだなー。おまえらは。周平、シシャモは？　はい」

頭付きを差し出すと、周平もやっぱりかじりついてくる。岡崎をちらりと見た佐和紀は肩をすくめた。なに食わぬ顔を装った岡崎も笑いをひそかに嚙み殺す。

「なに？」

周平が不機嫌な顔になり、

「岡崎は、頭を食べないんだ」

佐和紀が種明かししても、まだなにかあるんだろうと疑った目で見てくる。

「佐和紀がな。昔の俺に口説かれたかった、って」

岡崎がいい加減なことを言い出し、佐和紀は眉を吊りあげた。

「言ってない！」

「言っただろ」

「言ってない」

今度は周平に向かって弁明する。周平は岡崎を見た。

「それはそうでしょうね」

さらりと受け流し、おもしろくなさそうに目を細める。

「イラつけよ」

岡崎に言われ、周平は肩をすくめる。

「もう、そういうレベルじゃないんで……」

短く笑い、焼酎をお湯で割った。

「佐和紀。おまえ、なんとか言えよ」

岡崎に促され、佐和紀はぶんぶんっと首を振る。

「嫌だよ。周平がそう言うならいいじゃん」

「……口説かれたかったのか」

周平に振り向かれ、佐和紀はごくりと喉を鳴らした。聞き流されて終わったはずの話を続けられ、おどおどしてしまう。

岡崎がおもしろそうに眺めているのに気づき、佐和紀はむっとした。あらためて周平へ向き直る。

「おまえが俺を口説いてないって話なんだよ。結婚もお膳立《ぜんだ》てされてただろ」

「プロポーズはしただろ？」

「じゃなくてさー。させてください、いいですか？　みたいな……なんて言うの？　そういう、やつ」

「毎晩、口説いてるのに、まだ足りないのか」

「え。あれ、口説いてんの」

「……ん。ときどき、違うな」

夜中に帰ってきて、佐和紀が眠る布団に入ってくるときだ。

いきなり胸をまさぐられ、寝ぼけた佐和紀が殴りそうになったことも一度や二度じゃない。

だけど、いつも寸前で周平だと気づき、佐和紀は拒んだり受け入れたり、そのつど、態度を変える。

「もっとちやほやした方がいいなら、そうしてやるよ」

周平が笑いながら焼酎を飲む。

「……いらない。はずかしいもん」

佐和紀の声は、だんだん小さくなる。最後には、熱くなる頬を意識してうつむいた。

「なんだ。いい肴《さかな》だな。周平、もっとやれよ。酒がうまくなる」

岡崎が陽気に笑い出す。

「あんたのためにしてるんじゃない」

そっけなく答えた周平の手が、佐和紀の襟足をそっと撫でる。また、居間の戸が開いた。

「あら、意外」

今度は女の声だ。

岡崎の声を聞きつけたのだろう京子が、部屋の中を見て笑う。モヘアのふわふわしたセーターが、化粧っ気のない顔によく似合っている。

「おまえも座れよ」

旦那に手招かれ、こたつに残された最後の一辺を埋めた。

「湯呑みを取ってきましょうか」

佐和紀が腰を浮かせたが、

「いいわよ。私は弘一と一緒で」

夫婦らしいことを言って微笑み、佐和紀の袖を引いて座らせる。

「佐和紀を肴に飲んでるんでしょう。ほんと、いやらしい」

そう言って、旦那の肩を叩く。

「まぁ、間違ってないな」

と岡崎が答え、佐和紀はしかめっ面を周平へ向けた。しかたがないから放っておけと視線で諭され、くちびるを尖らせたが口は開かない。

「もう二年も過ぎたのね」

弘一の湯呑みを引き寄せ、京子は窓の向こうに目を向けた。部屋の灯《あか》りを受けて浮かびあがる庭には、雪が残っている。

「あの日の佐和ちゃんはきれいだったわね。綿帽子がよく似合って、きれいなお嫁さんだった」

「男ですけどね」

佐和紀はすかさず、現実へと京子を引き戻す。でも、京子は平然として言った。

「そうよ。男とは思えないぐらい、きれいだった。ね、弘一？」

「そうだな。周平と並んだところなんてのは、本当に、美男美女の見本みたいだったからなぁ」

「いや、だから、俺は男だって」

佐和紀の訴えはまるで相手にされない。京子が、向かいに座る周平へ視線を向け、

「周平さんも覚えてるでしょう」

小首を傾げた。問われた周平は、穏やかな笑みを浮かべ、

「実は、見てないんです」

と言う。

「は？」

岡崎の声が裏返った。

「興味がなかったんで……」

「最低ね」

「最低だよ」

岡崎夫妻が責めるような口調を揃え、

「おまえらしい」

佐和紀だけが笑う。

「……だいたい、弘一さんのお気に入りだなんて言われて、見る気になりますか。美人でもそうじゃなくても、嫌な気分だ」

「そういう繊細さが、あんたにあるとはねぇ」

肩をすくめた京子は、ゆっくりと焼酎を飲み、

「見なくてよかったのよ。あの姿を見たら、絶対に、一目惚れしたから。女の格好の佐和紀に惚れるのは、私のボンクラな弟だけでじゅうぶん……。そういえば、あの子のお祝いなんだった？」

いきなり話が向けられ、佐和紀は盛大にむせた。

「どうした」

笑う周平の手で背中がさすられ、京子が結婚記念日の祝いの話をつらつらと話す。

「すごく薄っぺらかったでしょ？」

「お祝いビデオ……」

佐和紀は消え入りそうな声で答える。

その返事を見守った三人は押し黙り、それぞれ目配せを交わし合う。

「持ってきたら……？」

京子が静かに口火を切り、

「そうだ。見せろよ」

岡崎が適当な口調で続ける。

「……佐和紀？」

周平の声で、映像の中身を思い出してしまった佐和紀は、思わず小さく叫んだ。頭を抱えて、ごろりと転がる。どうした、どうしたと騒ぐ三人はどこか楽しそうだ。

「見せられるわけないぃ～」

酔った佐和紀がゴロゴロと転がり、こたつから這い出した。その勢いのまま、周平をびしっと指差す。

「こいつのエロビデオだもん！」

「あ？」

指差された張本人が首をひねり、岡崎と京子が顔を見合わせた。

「あいつは……」

岡崎がぐったりと肩を落とす。

「見たの……。佐和ちゃん」

「初めだけ！ こいつが、なんか上品そうな女に、あれこれしてて……そこだけ！」

「けっこう見てたんじゃないの、それ」

「見てない、見てないです！」

佐和紀は顔の前で手を振り回し、京子に詰め寄った。

「見てません。本当に見てません。俺ね、あれはこいつであって、こいつじゃないと思うし、腹も立たないし、だけど……いや、それはどうでもよくって！」

「落ち着け、佐和紀」

周平に腕を引かれ、佐和紀は泣きたくなる。

「おまえが悪いんだ。あんなの、撮らせて。エロいの、めっちゃ、エロいの……」

「エロいエロい言うな。聞いてるだけで興奮するだろ」

岡崎が笑い、京子に肩を押しやられる。

「悪かったよ」

困り顔の周平が佐和紀の肩を撫でて言う。

「どれか知らないけど、とにかく、謝るから。な？　落ち着け」

「周平のセックスは、まぁ、エロいからな」

「それは、佐和ちゃんが一番よく……」

「京子姉さんっ！」

「あっ。失言……」

片手で口を覆った京子が肩をすくめた。飛びあがった佐和紀はがっくりと肩を落とし、もう一度、周平を振り向く。

「俺とするのとは違ってた」

「その辺にしておけ、佐和紀。あとでちゃんと聞いてやる」

柔らかく笑った周平の手が、そっと佐和紀の首筋に押し当たる。

「うん……」

素直にうなずくと、

「酔ってるなぁ」

佐和紀を眺めた周平がつぶやく。

「いいお酒なんでしょう」

京子が笑った。

「佐和紀、飲めよ。ほら」

岡崎から声がかかる。佐和紀はこたつへ向き直り、テーブルの上で周平と手を繋いだ。

「周平……」

興奮したせいで頭に血がのぼり、一気に酔いが回る。ぼんやりとした佐和紀は、隣を見た。

「おまえさ、なんで気持ちよくなさそうに、女抱くの？」

佐和紀の前で岡崎が焼酎を吹き出し、大笑いした京子がティッシュケースを引き寄せる。その騒がしいやりとりさえ、佐和紀の耳には遠い。

「おまえじゃないから」

甘く答えた周平が、佐和紀の手を持ちあげながらそっと引く。ズレ落ちないほど厚い綿入れの袖がふたりの前に垂れ下り、その陰でくちびるが重なる。

「ねぇ、飲むの？　部屋に戻るの？」

いつまでもそうしていると、京子からあきれたように笑われた。ついには、

「弘一、私もしてあげようか」

などと言い出し、

「おー、してくれよ。やってらんねぇ」

岡崎が悪ふざけで応える。だから、顔を離した周平と佐和紀は、仲睦《なかむつ》まじい若頭夫婦が目を閉じて交わす短いキスシーンを目撃することになった。

「まだ飲むよ、俺」

佐和紀は肩をすくめて笑いながら、湯呑みを引き寄せた。


日付が変わる直前まで飲んで離れに戻ると、周平からＤＶＤを持ってこいと言われ、佐和紀は素直に応えた。

自室の和箪笥から探り出すと、周平はなにも言わずにデッキに入れた。出だしを見て、乾いた笑いをこぼす。

「十年ぐらい前だな」

と言いながら、ソファの隣に座る佐和紀を抱き寄せる。

「若いな」

「いまより鍛えてないよな？」

「そうだな。瘦せてるだけだな。薬のせいだろう」

「薬？」

「あんまりよくないヤツな。そうじゃなきゃ、勃たないだろ。好きでもない相手に。……意外か」

「まぁ……」

　ぼんやりと周平の横顔を見た佐和紀は、それがとんでもない回数をこなすためだと理解した。好きでもない相手と、何回もするのだ。飽きをごまかすために、精力剤を飲んだのかと想像する。

「佐和紀。ときどきエロビデオ見てるだろ。タカシから借りて。これでも勃つか？」

「うん……」

　酔った目で見つめた佐和紀に、周平はすかさずくちびるを重ねてくる。眼鏡の当たらない、器用なキスだ。

「でも、あのフェラはエグい」

「きれいなセックスが好きだよな、おまえは」

「バカにしてんの？」

「いーや？」

　笑った周平が眼鏡をはずす。佐和紀の首筋に鼻先がすり寄って、指先が着物の合わせに忍び込む。

「あんなこと、おまえにはしない」

「だと、いいけど……」

と佐和紀は答えたが、似たようなことはした覚えがある。

えずくほど奥に達して、むせ返った。その瞬間には、周平の瞳にもサディスティックな影があったと思う。

「周平……」

肌着の上から胸をいじられ、佐和紀は身をよじる。酔ってはいたが、下半身はじわじわと反応していた。女の喘ぎ声と、十年前の周平のせいだ。

「もう、感じてるのか」

裾を乱した手が足の間を探る。佐和紀は周平を止めた。

「嫌だ」

「……手を貸してやるよ」

「バカなの？」

「昔の俺で抜くおまえが見たい」

「……あのな」

諭そうとしたくちびるが吸いあげられ、言葉ごと舌に絡め取られる。

「んっ……」

周平の指が下着の中に入り、芯《しん》を持ち始めたばかりの佐和紀を捕えた。揉まれて熱が募る。

「……周平。そんなことされたら、勃つに決まってる」

周平の手の温かさに、佐和紀は身震いした。腕を伸ばし、セーターの肩を掴む。

テレビの中の周平は相変わらず淡々と女を抱いている。

少しも熱くなっていないことが、佐和紀には一目瞭然《いちもくりょうぜん》だった。

それでも、人肌をさすりながら引き寄せる指は、佐和紀を翻弄する動きと同じで、記憶が重なり合う。

身体に教えられた快感が甦り、佐和紀はせつなく目を細めた。

腰がじんと痺れ、周平のセーターを撫でおろす。

「したい」

自分から求めて身体をよじり、周平の手から逃げた。ソファを下りて周平の膝の間に収まる。

「……俺の方が、うまい」

佐和紀が言うと、比べることでもないと思っているのだろう周平は眉をひそめた。膝に置いた佐和紀の両手を掴む。

「したら、ダメなの？」

酔った勢いで見あげると、周平はさらに眉をひそめた。

佐和紀は、周平の手から指を引き抜き、ジャージ生地の盛りあがりを撫でた。顔を近づけると周平が腰を引く。

追って、ズボンのウエストに指をかける。

「佐和紀。酔いに任せると、後悔するぞ」

「……覚えてないかも知れない俺に、散々なことをしてきたおまえが言うなよ」

睨みつけると、周平が腰を上げた。下着ごと引きおろし、かいがいしく足を抜く手伝いをする。

佐和紀は眼鏡をはずすのを忘れたまま、周平のそこに指を絡めた。十年前の映像の中と、なにも変わっていない性器はどこか禍々《まがまが》しい。くっきりとした段差も、赤黒い色も、弾けそうに張り詰めた薄皮に浮かぶ血管も。

根元を摑み、佐和紀は顔を伏せた。

そっと舌を這わせ、指で大きさを確かめる。それから、恥ずかしげもなく先端を口の中へ入れた。亀頭に歯を滑らせると、周平の腰がビクビクと揺れる。

「んっ……」

口の中いっぱいに頬張った佐和紀は、鼻で息を繰り返した。根元をゆっくりとこすりながら、できる限り深くくわえていく。

「佐和紀……やめておけ」

耳を軽く引っ張られたが抵抗する。頭をゆるやかに動かし、先端を軽く吸って口を離す。

「今夜は、やだ」

見あげて言った。

「張り合うなよ」

「やだ。俺が、気持ちよくさせる」

子どものように言うと、困り顔の周平は目を閉じた。

「乱暴な気分なんだ。佐和紀……よくないだろ」

ビデオのせいだろう。過去を思い出したのかも知れない。

それでも、佐和紀は引かなかった。舌で先端をべろりと舐め、カリの出っ張りをくちびるでついばんだ。

「さわ、き……」

短く息を弾ませた周平の手が、耳を摑んでくる。

「そんなことしたら、止まれない……からな」

ソファに座ったままで腰を突き出され、頭の位置を固定された佐和紀はかすかに呻いた。

上あごを先端で刺激され、自分の腰もまた大きくなっていく。

「ん、ふー……、ん、ん。ふっ……ぅん……」

ぎりぎりまで抜かれるたびに唾液が溢れ、じゅるっと卑猥な水音がする。開きっぱなしのあごがだるくなり、佐和紀は首を振った。解放されたいと思ったが、周平は動きを止めない。

「おまえの口の中が、俺でいっぱいになって……エロいな、佐和紀」

周平が腰を浮かせた。やっと口から長大なものが抜け、佐和紀は深い呼吸を繰り返す。目元に涙を滲ませた佐和紀をその場にひざまずかせ、立ちあがった周平がくちびるに親指を差し込んだ。

歯を開かされ、指の間からもう一度、周平の昂ぶりがねじ込まれる。今度はもっと奥に達し、佐和紀は苦しさに目を閉じた。

周平の腰に摑まると、セーターを脱ぐ気配がする。柔らかな音がして、床に肌着ごと落ちた。

「佐和紀……」

「ん、ぐ……んっ」

後頭部を撫でられたと思ったと同時に、抜き差しが始まった。動きこそソフトだが、根元まで太いそれが出入りする苦しさは、呼吸困難の一歩手前だ。

「ん、ふっ……ん、ん！」

「逃げ回る舌が、たまらないな……」

ゆっくりと前後に腰を揺する周平の動きに容赦はなかった。佐和紀のくちびるからこぼれた唾液はあごを濡らし、着物に滴り落ちてシミを作る。

周平にすがりついた佐和紀には気にする余裕もなかった。

目を閉じると、張り詰めた先端が舌のぬめりを追いかけて暴れ回るのが、なおさら明確にわかった。その上、ひと回り大きくなる。

「イキそうだ。佐和紀」

亀頭まで引き抜いた周平が、深い息をつく。欲望に濡れた声は甘く精悍で、佐和紀はたまらずに片手で着物の裾をかき分けた。

「んっ……ん」

周平の先端を食んだまま、下着の上からなぞっただけで弾けてしまう。

「はっ……ぅ、ん……っ」

身体がぶるぶると震えたが、佐和紀の口腔《こうこう》内で夢中になっている周平には気づかれない。

「本当に酔ってるのか。佐和紀」

ぐぐっと口の中へ押し込まれて身を引いた。周平の腰はさらに追ってくる。喉奥を突かれ、思わず周平の足に爪を立てた。すでに達してしまっている佐和紀の目から、涙がはらはらっとこぼれていく。

「やめるか」

無理強いを悟った周平が離れようとするのを、佐和紀はとっさに引き戻す。強く吸いつくと、周平の呻きが髪に降りかかった。

嫌で泣いたわけじゃない。射精したばかりの身体に熱がこもり、昂ぶりの先端で粘膜をこすられただけでせつなくなっただけだ。

「もう、止められない、……から、な」

スイッチが入ったように周平は腰を動かし出す。さっきとはまるで違う、スパートをかける性急さに佐和紀も呻いた。

ビデオから聞こえる女の喘ぎ声と、口をふさがれた佐和紀の鼻息がシンクロする。そこへ、弾む周平の息遣いが乱れて絡みつく。

ビデオの中ではかすかに息が弾む程度だった周平の喘ぎは、リズミカルに佐和紀の上へ降り注ぎ、佐和紀がしがみついている肌もしっとりと汗ばんでいく。

「んっ、んっ……」

「あ、ぁ……佐和紀っ……出すぞ。……くっ」

苦しくせつなげな呻きを聞かされ、肌をがりっと引っかいた佐和紀はたまらずにのけぞる。ずるんと周平のものが抜け、その拍子に、精液が散る。

「んっ……、はぁ、はぁ……」

激しく息を弾ませて喘ぎ、佐和紀は、周平の先端を吸った。残滓《ざんし》がどろりと口の中に流れ込む。

佐和紀の髪に指を潜らせた周平の息も、なかなか整わない。

「佐和紀……」

顔を上向きにされる。佐和紀は真っ赤に潤んだ目で周平を見た。視界が揺らいでいるのは、涙のせいだけじゃなかった。眼鏡に飛んだ精液越しに周平が見える。

「汚れたな」

謝るでもない周平に腕を引かれ、佐和紀はふらりと立ちあがる。着物を着たままソファの座面に膝をつく。裾を帯に押し込んだ周平が下着を剝ぎ、抵抗も忘れた佐和紀は腰を突き出す。

「んっ……ぁ」

両手で摑まれた臀部《でんぶ》の中心に、息遣いが触れ、すぐに舌が這う。ぬめぬめと、そこばかりを刺激され、尖らせた先端が穴を突く。

「い、や……っ」

女のように腰を振り、佐和紀は身悶《みもだ》えた。恥ずかしさで肌が熱を帯びる。頭の芯がジンジンと痺れた。

「ぁ……感じるっ……。感じ、ちゃう、から……っ」

身体を丸め、うまく力の入らない腕でソファの背にすがった。

「……ゆび、…ゆび、入れ……っ。あっ……ぅ」

くぼみをしつこくなぞる舌が、ぬめる生き物のようにそこをこじ開けた。ぬくぬくと浅く刺激され、佐和紀は自分の袖を噛んだ。眼鏡がずりあがり、はずれて向こう側へ落ちる。

「あ、あっ……ねがっ。おねが、い……。もぅ……挿れ、て」

耐えられなかった。奥がムズムズとして、いつもの刺激を求めて焦れる。

「指だけで、満足できるのか」

それは、ビデオの中のセリフと同じだった。でも、口調はまるで違う。淡々としたビデオの周平とは真逆だ。佐和紀を責める周平の声は情欲で濡れ、どこか楽しげに張り詰める。

指がぐっと差し込まれ、佐和紀はぶるぶると震えた。

「食いちぎるなよ」

と嬉しそうに言われ、髪を振り乱す。

「あっ、んっ……！　やぁ、だっ……ぁ」

腰を突き出し、恥も外聞もなく周平の指を飲み込んだ。

「おく……っ」

「このあたりだろ？」

二本に増えた指がぐりっと動き、佐和紀はびくっと背をそらした。

「痺れ、る……」

「中も痙攣《けいれん》してるな。感じすぎじゃないのか。佐和紀」

「だ、って……んっ。ふぁっ……あぁっ！」

いきなりズクズクと指を動かされた。

言い訳が口にできず、佐和紀は自分の頭を抱える。

「あっ。あっ！　んー、んんっ」

コントロールの効かなくなった身体が痙攣して、目の前でチカチカと小さな光が点滅する。

「いれっ、て……。いれて……」

ぐずぐずと泣き出した佐和紀の身体に、周平の腕が回った。

先端がぐりっとめり込み、

「はっ。ぁ……あーぁッ……」

貫かれた佐和紀はソファの背を強く摑んだ。

「や、だ……っ。やだぁっ……」

子どもが泣くような幼い声で、舌足らずに繰り返す。揺すりあげられて、身を揉んだ。

「いや……、いや……っ。も、っと……こす、って。中、こすって……」

むずかって揺らす身体を抱きしめられ、ソファの座面に引きずりおろされる。佐和紀の帯を摑み、周平がリズミカルに腰を振った。パン、パンと、肌とのぶつかり合う音がする。強く突きあげられる衝撃に、佐和紀は自分の拳を噛んだ。身体の痙攣が止まらず、泣きながら喘ぐしかない。

「さ、わき……。どういう身体、してんだよ。……よすぎて、溶けるっ……」

息を弾ませた周平が尻の肉を揉みしだき、左右に割ってさらに腰を密着させる。

「あぁっ、あぁっん……！」

奥を小刻みに揺らされ、佐和紀は自分から腰を振った。

「……も、やだ……もっ……」

身体がぐっと緊張して快感が極まる。汗が肌を濡らし、整わない息を必死に吸い込んだ。

「んー、ん！」

くちびるを噛んで腰をよじる。内側から広がってくる震えにも耐えたが、佐和紀の内壁を穿《うが》つ周平には泣かされた。

「く、る……。も、来る……きちゃ、ぅ……」

背後から腰に抱きつかれ、佐和紀は泣き声を振り絞った。

弾けた周平の体液が身体に注ぎ込まれ、先端が脈打つ動きに身悶える。

周平から何度も呼ばれたが、泣き声をあげる佐和紀の耳にはまるで届かない。離れでここまで感極まったことはなかったが、自分で止められるようなものでもなかった。

「うっ……ん。うぅっ……」

泣きながら息を吸い込むと、佐和紀の身体に入ったままの周平に、顔を引き寄せられた。身をよじって応え、しゃくりあげながらキスを受ける。

ビデオはもうとっくに終わっていた。

ふたりの乱れた息遣い以外は、なにも存在しない。

「あっ、ひ……っ」

周平の手が前に回る。しごかれた佐和紀の先端から蜜が滴り、それをあますことなく搾り出された。

「さ、い……てぇ……」

ぐずぐずになった顔を袖で拭うと、

「最高の間違いだろ」

周平に帯を解かれた。

「シャワーに連れていってやる」

そう言いながら抜かれ、佐和紀は着物を脱ぎながら振り向いた。

「……」

無言で見つめると、周平が色っぽい目元を歪める。

「もう一回か？」

「……抜けたら、さびしい」

首に腕を回し、しがみつく。

「いくらでも……」

抱きあげられ、ソファの座面に下ろされる。

舌で誘い合うキスを交わし、佐和紀は手を伸ばす。周平はまた硬さを取り戻しつつあった。

「すぐに埋めてやるよ。待ってろ」

歯列を舌でなぞられ、佐和紀は素直にうなずく。

声に出さずに好きと言うと、周平の腕に抱き寄せられる。入れ墨の肩にくちびるを押し当てて、佐和紀は目を閉じた。

開かれた場所が強い快感を欲しがり、二年前とはまったく違う身体なのだと思い知らされる。

こんな気持ちよさがあるなんて、想像もしないで生きてきたのだ。

「きれいだ、佐和紀」

髪を撫でられ、頬に指が這う。

佐和紀は微笑み返して、その指を摑まえる。左手に光るダイヤと結婚指輪がかすかに触れ合った。

「白い羽二重で寝ているのを見たとき、こわかったんだよ……おまえがさ、いじめたいぐらいに、きれいで」

いつもの悪態を繰り出せず、佐和紀は目の前の男を見つめた。

「おまえのすべてにひれ伏す日が来ることを、俺は知ってたんだな」

「……ばか」

かけた声はかすれていたが、思いのほか甘く響いた。

「大好き……。俺の、旦那さん」

ささやくと、止まったはずの涙がぽろぽろと零れ落ちる。指で拭ったあとで、周平のくちびるが涙の跡をなぞった。それが佐和紀のくちびるの端にたどり着く。佐和紀は舌先でキスをねだる。

夜がしんしんと更けていく。身を寄せ合うふたりは、寒さを感じなかった。

＊＊＊

ベッドの上で煙草を引き寄せる岡崎の背中に、京子はぺったりと手のひらを押し当てた。空調の効いた寝室は温かく、重ねたばかりの男の肌は汗ばんでいる。

「あっちも、仲良くしてるんでしょうね」

考えたくもないことなのだろう。動きを止めた岡崎が指先の煙草をもてあそんだ。

「邪魔しに行かないの？　あんな目をした周平が、手加減するとは思えないじゃない」

「……しかたないだろ」

沈んだ声の中に、嫉妬は感じられない。そこにあるのは甘い後悔と苦い恋慕のかけらだけだ。

手に入らないと知っていて、それでも岡崎は自分の気持ちを大切にしてきた。佐和紀の気持ちよりも、だ。

一線を越えられないと思うから、そうするしかなかった岡崎の優しい『逃げ』が、京子の胸に今夜も忍び込む。

「あの子、どうしようもなくて、ずいぶん苦労したわね」

「いまも変わらないだろ。あいつは……」

ふたりが『あの子』と呼んで話すのは、周平のことだ。

笑った岡崎は、煙草をサイドテーブルに戻した。

佐和紀と周平を結婚させると決めたとき、人生の中で一番ずるくて悪い生き方をした。

自分に嘘をつき、周りを欺き、大切にしてきた佐和紀を傷つけてもいいとさえ思ったのだ。

そうしなければ、佐和紀は誰かのものになり、踏みにじられると危惧《きぐ》した結果だった。

「佐和紀を好きになると、わかってた？」

「あいつは、すぐに男をたらし込む」

舌打ちして、岡崎はうつぶせに寝転んだ。そのうなじに指を這わせ、京子はパートナーの耳の形を眺める。

どうしようもなかった周平は、いつしかふたりが期待した以上の男になった。シノギの手腕で口うるさい幹部連中を黙らせ、大滝組の若頭補佐を務めあげている。

「あんなふうにいちゃいちゃされて……、あてられてる私たちも大概よね」

指先を立て、男の背骨の上を歩かせる。

みんなで囲んだこたつでの酒は喉越しがよすぎて、仲のいい男夫婦のやりとりに京子たちまで新婚気分に引き戻された。あんなに浮かれたふたりじゃなかったけれど、肩を寄せていたいと思った頃を思い出す。

ひとりで生きていくには荒波すぎる人生の中で、岡崎に出会わなければ、京子はきっと溺《おぼ》れ死んでいた。

その手でしっかりと繋ぎ留められるたび、強がる自分はか細い腕をした女に過ぎないと知らされ、弱さを自覚するからこそ強くいられた。

岡崎という男は揺るがない。痩せ我慢さえ飲み込んでしまう。いつだって、そうだった。

こたつの向かいに座る佐和紀を見つめていた岡崎を思い出し、京子は腕を伸ばして裸の腰に抱きつく。

佐和紀への嫉妬はどこにもない。ただ、口にはできない憐《あわ》れみを感じ、胸の奥が締めつけられる。慕っていた組長から頼まれ、佐和紀に嫌われてでもこおろぎ組を追い込んだ岡崎は、組長への忠誠と、恋とも呼べない執着の間でいつも煩悶《はんもん》していた。

「なんだよ。甘えてるのか」

身体を反転させた岡崎が、京子を胸に抱き寄せる。

「……あんたが、佐和紀をものにしたって、私は怒らなかったのよ」

「おまえは、な。……佐和紀は怒る」

「私よりも、あの子がこわいのね」

「やっと昔みたいな顔をするようになったんだ。もう一度嫌われる勇気なんかない」

「そういうとこ、好きよ」

線の太いあごのラインにキスをして、京子はふっと息を漏らす。

「弘一の慎重なところはね、長所よ」

「臆病《おくびょう》なだけだろう」

「……これでよかったと、思わせるわ」

岡崎の顔の横に腕をつき、京子は逞《たくま》しい胴にまたがる。

「あんたの優しさが正解だったと、絶対に思わせてあげるから。私が、あの子を、そうしてみせる」

まっすぐに見つめると、首の後ろを抱き寄せられた。

「俺はなぁ、おまえのその威勢のいいところも心配なんだぞ。佐和紀はあれでも男だ。おまえは女だろ」

「もう若くないもの、大丈夫よ。それに、嫌なことはあらかた経験したわ。なにもこわくないのよ。本当よ」

「バカか。それでもおまえは……」

言いかけて、岡崎は口を閉ざす。

顔を引き寄せられ、どちらからともなくくちびるを重ねた。

「あのバカを『男』にできたんだもの。佐和紀のことだって。ね……」

「周平に比べればな、佐和紀の方がいくらも育てやすい」

笑った岡崎が、京子を強く抱きしめた。

「弘一よりも大きくなったりしてね」

「それはそれでありだろう」

遠い昔を思い出すのだろう。目を細めた岡崎は、小刻みに肩を揺らした。

佐和紀が変わっていくことを、岡崎はもう受け止めている。

それがふたりの過去を遠くへ押し流すのだとしても、兄貴分と下っ端の関係の延長線上に存在する未来に変わりはない。

「ねぇ、どんなセックスしてるのかしらね」

起きあがった京子は、髪を後頭部で留めてから、ガウンを引き寄せた。

「見に行くなよ」

「あら、意外。一緒に来るかと思ったのに」

「おまえ、周平のやってるところは嫌いだっただろう」

「女をおもちゃにしてるところはね。でも、いまはまるで違うもの」

「……悪趣味なことするな」

「あー、わかった。ふたりのセックスで私が興奮したら嫌なんでしょう」

指を立てて差すと、身体を起こした岡崎が肩をすくめた。

「気持ちいいわけないだろ。だいたい、どっちに興奮するんだ。周平か、佐和紀か」

「……あのふたりの、甘い雰囲気によ」

「周平だぞ。さっきみたいな甘さじゃないだろ。絶対エグいからやめとけ」

「そのエグさに佐和紀を任せるの？」

袖を通したばかりのガウンを脱いで、トレーナーとジーンズに着替える。岡崎もベッドを下りた。

「様子を見るだけだぞ」

「はいはい」

「……佐和紀も好きで付き合ってんだ。本当にエグいかどうかは、わかんねぇだろ」

「自分で言ったくせに」

服を着る岡崎を待って、京子は寝室のドアを開けた。

「京子。うっかり興奮したら、責任取れよ」

岡崎の言葉を笑いながら、肩越しに振り向く。

「うっかりしなくっても、あんたは興奮するわよ。佐和紀が声を出してるんだから」

「そういう言い方、するな」

「じゃあ、なんて言うの？」

「なにも言うな。さっさと歩け」

両肩を押され、笑いをこらえる。

母屋の中を横切り、向こう側の離れに続く廊下を渡る。予備の鍵を扉に差し込み、京子はあらためて振り返った。

「なんだよ」

「……もう興奮してるんでしょ」

からかうと、どこか子どものような目をした旦那は、ことさら恐《こわ》い表情を作ってみせる。

笑いながら、施錠を解いた。

結婚して十年に満たない。でも、ときどき忘れてしまう情熱が、この離れの中にはまだたくさん詰まっている。

「……」

中に入った京子の腕を、岡崎が摑んだ。

ここからでも聞こえる泣き声に、ハッと息を吞む。振り払おうとした腕をもう一度摑み直され、京子は引き寄せられるままに胸へと倒れ込んだ。

佐和紀が泣いている。その声は、甘く痺れるほどに艶っぽい。

岡崎のキスに混じる、たわいもない後悔と、どうしようもない嫉妬を、京子は口移しに飲み込んだ。

男の本質は、いつもどうしようもなく弱い。

だからこそ、虚勢が張れるのだ。傷つくことを知っているから、臆病者ほど強い覚悟を決めることができるのだろう。

京子が信じ、愛した男は、みんな同じだ。

岡崎も、悠護も、周平も、佐和紀も。

誰もが、寂しさを知り、ままならない世の中の理《ことわり》にじっと耐える臆病な強さを持っていた。

「やっぱりエグかった」

笑う岡崎の、男らしい声に眉をひそめ、京子は廊下のガラス戸の外へ目を向けた。

闇の中で、雪だけがただ白く浮かびあがる。

あの雪の日。ひとりでやってきた佐和紀も、そんなふうに真っ白だった。白無垢《しろむく》を着て、白い綿帽子で憂いを隠し、潔癖な白羽二重でこの離れへ渡ったのだ。

踏み荒らされ汚れても、雪はまた降る。それは凍えるほどの冷たい空気を伴い、悲しみさえ覆い隠し、いつか春を呼ぶ。

京子の心の中がそうであったように。

春を望みさえすれば、人は季節を幾たびも巡ることができる。

「戻りましょう」

ささやいて、京子は踵《きびす》を返す。

出会った頃の周平を思い出し、ふと息が転がり出た。傷ついたことを隠し、女を傷つけることだけで報われると信じていた若い男は、ようやく春を見つけたのだ。

しんしんと降り続いた雪のその中に、ほのかに色づくフキノトウのような恋だ。待ちわびていた新しい季節に浮足立ったところで誰にも責められない。

周平の越冬は、それほど厳しいものだった。

「茶漬けでも食うか」

ダイニングの前で岡崎が足を止め、

「そうねぇ」

と京子も応えた。

自分と同じことを、岡崎も考えているのだろう。

「あんなに泣かせて。……ひどいわ」

なにげなく言葉が出た。それを聞いた岡崎は、なにもないところでつまずく。ダイニングの床に膝をついた男のそばに、京子はちょこんとしゃがみ込んだ。

「気持ちいいんでしょうね。よっぽど」

「……おまえな」

くっと奥歯を噛んだ弘一をいじめるのは楽しい。ふふっと笑い、男っぽく引き締まったその頬を、指で押した。

星のない夜とロンド〜5年前〜

最上階に続くエレベーターのカードキーを受け取った石垣《いしがき》が戻ってくる。

髪の毛は金髪のままだが、クラシック音楽が流れる都内の高級ホテルに合わせて、生地の良いジャケットを選び、ピカピカの革靴を履いていた。ノーネクタイなのもこじゃれている。

いつものチンピラな服装はユニフォームみたいなもんだなと思いながら、佐和紀は先に立つ石垣の背中を追いかけてエレベーターに乗り込んだ。

三井のチンピラぶりは地だし、それなりの正装が似合うはずの岡村《おかむら》もまだ服に着られている。ふたりに比べれば、髪をブリーチしていても、石垣は元の育ちがいい。

「その路線にすればいいのに」

着物の衿《えり》を直しながら言うと、鏡の中の石垣が振り向く。

「……ハクがつかないじゃないですか。舐《な》められますよ」

「タカシと釣り合わないってのは、わかるけどな。シンと並べば、ツートップっぽくてかっこいいじゃん」

「はぁ……、そうですか」

興味なさそうな返事だが、まんざらでもないのだろう。扉に向き直った肩が、居心地悪そうにむずむずと動く。笑いながら眺めた佐和紀は、帯を指でしごくようにして、腰に落ち着かせる。

「着きましたよ」

片手で押さえた石垣に先を譲られた。ホールで待つと、今度は石垣が前に出る。目的のスイートルームの扉は、チャイムを鳴らす前に開いた。

「来たかー」

顔を覗《のぞ》かせたのは、茶髪の男だ。派手な柄シャツの胸元は大きく開き、コインのチャームがキラキラしている。高級ホテルのスイートルームがまるで似合わない。

ドアの中にふたりを誘い入れると、石垣を振り向いた。

「悪いけど、おまえは、ここで待ってて」

言われた石垣は佐和紀を見る。しかたなくうなずいて、待たせた。

「もうひとり、来るから。チャイムが鳴ったら、入れてやってくれ」

そう言った男が、佐和紀をリビングルームへ招く。ドアを少し開いたままにしたのは、心配性の世話係を慮《おもんぱか》ってのことだろう。肝心なところをはずさないのが悠護らしい。

約十五年前、女の振りをした佐和紀が結婚詐欺を仕掛けた相手は、いつのまにやら大金持ちになっていた。

それよりもなによりも佐和紀を驚かしたのは、大滝組組長のひとり息子だったことだ。同じように、佐和紀が男だと知った悠護も驚いていた。お互いのことなどなにも知らず、認めることのできないさびしさを持ち寄っていた頃は、もう遠い。

「なに飲む？　コーヒー？　お紅茶？　この部屋、生ビールのサーバーもあるけど」

「ビール」

ミニキッチンへ入る悠護を追わず、窓辺へ寄った。

眼下は味気ないコンクリートの建物ばかりだ。佐和紀は、街路樹のわずかな緑を探した。

「そう言うと思ったんだ」

しばらくして、悠護がグラスを手に近づいてくる。佐和紀は礼を言って受け取った。

「いつまでいるの？」

「んー、明日かな」

「そうなんだ。来たのは？」

「昨日」

「全然、ゆっくりしてないじゃん」

「べつに休みに来たわけじゃないから」

「ふーん……」

細かい泡にくちびるをつけ、佐和紀はごくごくと喉《のど》を鳴らして飲む。

「なんか仕込まれてるとか、思わないのか」

悠護が笑いながら窓ガラスにもたれる。視線を避けて軽く睨《にら》みつけ、佐和紀はその場を離れた。

再会して早々に薬を盛られた記憶は、まだ新しい。

「そういう男はドアを開けたままにしたりしない。それにな、今度やったら半殺すから」

テーブルにグラスを置いて、着物の衿に差し込んでいたＤＶＤケースを取り出した。

「これ、返す」

「あー。べつに、いいのに」

「返しに来たんだよ!」

勢いよく振り向くと、ニヤニヤ笑った悠護が近づいてくる。

「見た?」

「……ひどい目に遭った」

送られてきたのは二月だから、もう三ヶ月が経つ。今度、会うときに突き返してやると決めていたのだ。

「と、言うわりには、幸せそうな顔しちゃってさー。逆効果だったか」

「なにを狙《ねら》ってんだよ。余計なこと、するな」

「俺とも見ようか」

ケースをひょいと持ちあげた悠護の手首を目がけ、佐和紀は手刀を振りおろす。

「い、った……！」

取り落としたケースを開き、取り出したメディアを力任せに折る。バキッと音がして、顔を引きつらせた悠護は直後に大笑いした。

「乱暴……っ！」

「うっせぇよ！」

怒鳴り返して、佐和紀は肩をそびやかす。

「帰る！」

「待って、待って……。美緒ちゃん」

ギッと睨みつけると、悠護の顔が歪《ゆが》んだ。

「わりぃ……佐和紀、だな」

「こういう余計なことをすんなって、言いたかっただけだから」

「余計かなぁー。旦那《だんな》のこと、知りたいだろ？」

軽薄な口調の悠護に対して、佐和紀は小さくため息をついた。

「ゴーちゃん、昔はそんなにバカじゃなかったよね」

「……いまも、バカじゃねぇよ」

昔の呼び方をされて嬉《うれ》しくなっているのを悟られまいとする顔は、それでも我慢しきれず、だらしなく崩壊する。

「おまえに言われると、たまんねぇ……」

「意味が！　わからない！」

佐和紀は叫び、にやけ顔に対して、くるっと背中を向けた。

部屋を出ていこうとすると、わずかに開いたドアから石垣が顔を見せる。

「あのぉ……」

と言った後ろから、男がもうひとり出てきた。

「買ってきましたよ」

石垣と同じノーネクタイに、仕立てのいいジャケット。さっぱりとした髪には柔らかなパーマ。周平の舎弟のひとり、田辺《たなべ》だ。

女にもてる見た目の良さで投資を持ちかけ、口車に乗せて金を巻きあげるのが本業の詐欺師の手に、ビニールの袋がふたつ下げられている。

「あとひとつは。……あんたか」

部屋に牛丼の匂《にお》いが広がり、佐和紀のおなかがぐぅと鳴る。田辺はテイクアウトの牛丼を買いに行かされていたらしい。

「食っていけよ、佐和紀」

悠護が笑いながら、田辺を招き寄せた。

「悠護さん。なんで新条《しんじょう》まで呼んだんですか」

牛丼チェーンの袋をテーブルに置いた田辺が顔をしかめる。田辺と佐和紀の仲はそこそこ古い。周平のところへ嫁に来るまでは、田辺は仕事を回してくれる貴重な存在だった。ただし、そのやり方が汚かったので、佐和紀の中に遺恨がある。だからこそ、田辺も、佐和紀を敬遠していた。

「新条？　あぁ、旧姓か」

牛丼弁当を受け取った悠護がソファに座る。

「これこれ。無性に食いたくなるんだよな」

卵は？　と聞かれた田辺が袋の中を探る。

「佐和紀も食えよ。石垣も」

箸《はし》先でソファを示され、佐和紀は素直に従った。

口の中にはもう甘辛い味が広がっていて、とても抵抗できない。石垣を手招きで呼ぶと、やっぱりふらふらっと近づいてくる。

「俺の分の紅ショウガもやろうか？」

弁当のふたを取る佐和紀を見て、悠護が声をかけてきた。

「あ、うん」

持ち帰り用のショウガを乗せてもらい、自分の分も追加する。

「姐《あね》さん、乗せる派なんですよね」

石垣が俺のもどうぞと差し出してきて、

「店で食べたら、ショウガの方が多いぐらいだもんなぁ」

田辺も袋を投げて寄越す。ショウガに罪はない。それも追加で乗せた。

「ゴーちゃん、ビールのおかわり入れてきてよ」

「ん？ あぁ。いいよ」

口の中に肉とごはんをかき込んでいた悠護は、グラスを手に立ちあがる。石垣の向こうに座る田辺が目を丸くした。

「どういう関係だよ」

小声で聞かれ、佐和紀は肩をすくめた。大滝組長の息子であると同時に、周平に対する出資者でもある悠護は、周平周辺の誰《だれ》にとっても格上の人間だ。

若頭補佐の嫁があごで使えるような相手でもない。

「べっつにー」

軽い口調で答えている間に、悠護が戻ってきた。

「深い仲だよな？」

と言われ、鼻で笑って返す。

「誤解させるな」

「なんでだよ。一緒のベッドで寝た仲じゃないか。おやすみのキスもしただろ」

「ガキの頃の話だ」

さらりとかわしてビールを飲む。

「それ、岩下さんも知ってんの……」

呆然《ぼうぜん》とする田辺の横で、『おやすみのキス』に反応した石垣が苦虫を噛《か》みつぶしたような顔で黙り込む。そんな世話係に対して、佐和紀はわずかに眉《まゆ》をひそめ、

「知ってるよ」

田辺に向かって答える。

「だいたい、あんなキス、子どもだましだ」

佐和紀の発言で、斜め向かいのソファに座った悠護の肩が揺れた。

「おまえなぁ……」

ため息をつき、がっくりとうなだれる。

「優しくしてやったんだよ。そんな俺の気遣いを……」

「へー。ありがとー」

「おまっ……、かわいいんだよ。なんだよ、もう」

佐和紀には理解不明なことを口走り、悠護はしかめっ面になる。

「いつの話ですか」

田辺が可笑《おか》しそうに肩を揺すった。その質問には、佐和紀が答える。

「俺が十六」

「若いですね」

と言ったのは石垣だ。

「おまえらはいつからの知り合いだっけ？」

今度は悠護が田辺に問いかけた。

「五年、ぐらいですか……」

答えた田辺が、一瞬だけ暗い表情になる。

「世話になったんだよ」

佐和紀は肩をすくめて笑った。

＊＊＊

五年前。それは結婚する三年前の話だ。

屋台骨だった岡崎たちがいなくなり、求心力を失ったこおろぎ組は困窮した。

事務所兼住居を長屋に変えた一年後にはすっかり人が寄りつかなくなり、唯一の構成員である佐和紀が支える暮らしは常に綱渡り状態だった。

廃業寸前でも上納金の額は据え置きで、慶弔の金もかかる上に組長同士の付き合いもある。会合だと呼び出されれば、会費を抱えて駆けつけなければいけないし、その際の外着《スーツ》が一組きりというわけにもいかなかった。なにごとにも必要以上に金がかかる。

書きつけのメモと、菓子の空き缶に残っている札と小銭を見比べた佐和紀は、今夜もちゃぶ台に突っ伏した。

缶の中をかき混ぜるだけで札の増える魔法の棒があればいいのにと本気で思う。

突き詰めて考えると、そんな都合のいい『棒』は、自分をあれこれ口説こうとする男たちのアレでしかない気がして、げんなりした。

いくら金を積むと言われても、男相手に足を開く気にはなれない。一瞬の我慢だと言われれば、目を閉じてやり過ごせるような気もする。

だけど、やっぱり無理だろう。ときどき手伝っている美人局《つつもたせ》も、松浦《まつうら》組長にはいい顔をされていない。組のためとはいえ、売春がバレたら大目玉を食らう。

頭を抱えた佐和紀は戸を叩《たた》く音に気づき、振り向きながら立ちあがる。

「佐和ちゃ〜ん」

ガラッと戸が開く音のあとで、隣に住んでいるおばさんの声がした。

「うちの人、お給料日だったのよ。だからね、これ。おすそわけ」

上がりかまちに腰かけたおばさんは、年齢よりも老けて見える。

「いつもありがとうございます」

膝《ひざ》をついた佐和紀の前に皿が置かれた。

「豚の紅茶煮よ。タコ糸を取ってから薄切りにして食べて。大根と合わせるとおいしいわよ。って、もう知ってるわよねぇ。ごめん、ごめん」

「今日はオヤジが遅いので明日いただきます」

「じゃあ、ひとりなの？　うちに来て、テレビでも見たら？　ごはんもまだなら」

「やることがあるので……」

「なに、言ってんのよ！」

ばちんと腕を叩かれ、佐和紀は肩をすくめる。

「うちでやりなさい。ほら、これは冷蔵庫にしまって」

皿を押しつけられ、腕を引っ張られた。

「やることって言ったって、繕いものでしょう」

言い当てられて、苦笑しか返せない。小さな冷蔵庫に皿を入れ、穴の開いた靴下を手にして部屋を出た。待っていたおばさんはすたすたと自宅へ近づき、戸をがらりと開いた。

「あんたぁ！　佐和ちゃん、今夜はひとりなんですって」

「組長さん、出かけてんのか」

白いシャツとステテコ姿のおっさんが、床を踏み抜きそうな足音で出てくる。

「すみません。お邪魔します」

佐和紀が頭を下げると、ガハハと豪快に笑った。

「邪魔じゃねぇわ！　メシは」

「まだなんですって」

「いや、食べた。食べたよ」

慌てて答えると、おばさんにも笑い飛ばされた。

「うそうそ！　あんたは、いつもそう言うんだから」

「あがれよ、佐和紀。今日は真新しい一升瓶だ」

「おー、聞こえたぞー」

佐和紀の背後からガラガラに嗄《か》れた声がして、斜め向かいのおっさんが入ってくる。

「混ぜてくれや。するめ持ってきたから、表で飲もう」

ぴらぴらとスルメを振ってみせた。

「佐和ちゃん、靴下、貸しなさい。やっておいてあげるから」

おばさんから耳打ちされ、佐和紀はぶるぶると首を振る。

「外に出てくれたら、好きな番組が見れるのよ。適当な時間で声をかけるから」

そう言って、手から靴下を引き抜かれた。

「行くぞ、佐和紀」

季節はまだ秋口だ。七輪を囲んで飲めば、寒さもそれほど気にならない。

「あいつにも声かけねぇとうるせぇだろうな」

雪駄《せった》を履いたおっさんが、さらに隣へと足を向ける。向かい合って立つ長屋は、それ自体がひとつの共同体になっている。声をかけなくても、匂いや話し声で気がつき、ひとり、またひとりと集まってくるのが常だ。

よれよれになった長袖のTシャツとジャージズボンの佐和紀は、長椅子《ながいす》の端に腰かけた。七輪が出てきて、酒が振る舞われ、持ち寄られた肴《さかな》で小さなテーブルが埋められていく。

こおろぎ組はふたりきりになってしまったが、長屋に越してきてからは違った意味でにぎやかになった。

世話好きのおばさんたちや、屈託のない子どもたち。そして、豪快なおっさんたちの陽気ながさつさ。どれもが居心地のいい混沌《こんとん》だ。

三時間ほど飲んで、宴会はお開きになった。きれいに繕われた靴下を受け取り、佐和紀はほろ酔いで部屋に戻る。

水を飲んでいると、戸を叩く音がして、がらりと音が続く。

「帰ったぞ」

ろれつの回っていない声を聞きつけ、佐和紀は素早く立ちあがった。よほど飲んできたとわかる。

「佐和紀ぃ」

「はい。おかえりなさい」

玄関でぐったりと横たわる松浦の隣をすり抜け、戸締まりをしてから靴を脱がした。佐和紀がきれいに磨いておいた革靴は、まだピカピカのままだ。

「水、飲む？」

「くれ。……飲まされた」

その相手が誰なのかは、聞かなくても想像できた。下部組織とはいえ、こおろぎ組自体の格は昔の功績のおかげで悪くない。これほど酒を強いるのは、上部組織の幹部だけだ。

「気分、悪くない？」

かつては敬語で話していたが、こおろぎ組が傾き、ふたりきりになった頃から佐和紀の言葉は乱れた。咎《とが》める人間はいなかったし、金の使い方を巡って言い争うこともある。

いつのまにか、ふたりの関係は緩くなっていた。親分子分というよりは本当の親子だと、長屋の住人たちには笑われているぐらいだ。

「吐いてきたから気にするな。これ」

佐和紀にジャケットを脱がされ、その内ポケットを探った松浦が万札を掴《つか》み出した。

「車代だと。それから、こっちがな」

そう言って、スラックスの尻《しり》ポケットから封筒を出した。

「シノギだ」

「シノギって……」

「飲み歩いてるばっかりじゃない」

そう言いながら、老いた松浦は這《は》うようにして畳の部屋へ移動する。

車代をケチって歩いたのだろう。

「……あぁ。うん」

封筒と金を片付けてから水を用意した。

シノギだと言ったが、実際は組を出ていった誰かから渡された援助金だろう。一緒にいて共倒れることはできないが、陰ながら見守り続けようとする元構成員は少なくない。

それが、松浦の人となりによるものだと思うたび、佐和紀の胸は熱くなる。

親分への誇らしさを覚え、しわだらけの赤い顔をじっと見つめていると、酔っぱらった手が力の加減なく佐和紀の頭を叩いた。手を乗せようとして、うまくいっていない。

「なぁ、佐和紀。たい焼き屋でもするか。商店街に空き物件が……」

「そんな金、ないよ」

佐和紀はふっと視線をそらした。ヤクザの組長として生きてきた松浦に、たい焼きを売らせるなんてできるはずがない。

そのために、這いつくばるようにしてでも金をかき集め、体裁だけは整えてきたのだ。

「オヤジ、水をたくさん飲んで。深酒なんか、身体《からだ》に悪いだけだ」

空になったグラスを持って、玄関横の台所に立つ。

缶の中に入れたメモを思い出し、現実が重みを増した。来月は慶弔が重なっている。

上納金だけでも苦しいのに、頭の痛い問題だった。持って帰ってきてくれた封筒の中身をすぐにでも確かめたかったが、金の苦労を松浦に突きつけたくないから我慢する。

しかし、当の松浦は、すでに大の字で爆睡していた。


義務教育もろくに受けていないが、足し算と引き算ぐらいなら佐和紀にもできる。掛け算になると九九がせいぜいで、二ケタ同士は筆算でもお手上げだ。長屋で暮らす子どもが誕生日プレゼントにくれた電卓が命綱だった。

勉強を教えてくれとやってくる子どもたちは、いつも反対に算数や書き取りを教えて帰っていく。佐和紀と宿題をすると、倍の時間がかかると文句を言われたが、教えながらの復習で、長屋の子どもたちの成績はあがる一方だ。

喜んだ母親たちは、ヤクザなんてと内心は蔑《さげす》んでいた佐和紀に甘くなり、いつの頃からか、たまごや缶詰をくれるようになっていた。

「これ、おまえの取り分」

テーブルの上に封筒が投げられ、丸椅子に座った佐和紀は手を伸ばした。

高級感溢《あふ》れるクラブへ呼び出されたのは、田辺からの嫌がらせでしかない。佐和紀の服を見るなり笑いを噛み殺したホステスは、まだときおり小さく吹き出していた。

「もうちょっと、なんとかならない？」

長丁場で仕掛けていた美人局の金が入ったと言われて来たが、封筒の中身は想像よりもぐっと少なかった。

「無理」

長い足を組み替えた田辺が、隣のホステスの肩に腕を回す。

「あのおっさん、借金持ちでさー。思ったよりも取れなかったんだ。結果が出ただけよかったんだよ？」

大滝組に所属している田辺は、顔が良くて頭が切れる。たまに美人局の一員として呼び出される佐和紀は、女装で男をひっかける役だ。初めは、自分の女装じゃ笑えるだけだと断ったが、やってみると酔っぱらいはちょろい。

「次は？」

前のめりに聞くと、金を欲しがる態度に嫌気が差すのか、田辺は鬱陶《うっとう》しそうに目を細めた。金回りのいい大滝組の人間には、最下層で這いずる佐和紀が、よほど薄汚く見えるのだろう。

「なにかあったら、声かけるから」

すげなく言われてしまう。田辺の名前を出さなければ、高級クラブから追い返される佐和紀は、袖先が擦り切れた蛍光グリーンのウィンドブレーカーのポケットへ封筒を押し込んだ。

「他に、なにかない？　仕事」

「ほんと、口の利き方を知らねぇな。おまえは」

顔を歪めた田辺が舌打ちする。

「こわーい」

とふざけたホステスを引き寄せ、相手の胸を無遠慮に掴んだ。

そんな不作法が許されるのも、顔の良さゆえだ。

「これじゃ、全然足りないんだよ」

「いい闇金《やみきん》、紹介してやろうか」

「田辺」

睨みつけた佐和紀を真っ向から見据え、田辺はくちびるをにやりと歪めた。

「田辺、さん……だろ？」

言い直されたが、口にしたくなくて黙る。

「おまえ、自分の立場わかってんのか？　ほんっと、頭悪いな。金がないなら、売れるもんを売れよ」

「それは」

ぐっと拳《こぶし》を握り、佐和紀はうつむく。仕事をくれと言うたびに、さりげなく売春を勧められる。それは松浦が一番嫌がることだ。佐和紀の顔がきれいだと知っているからこそ、自分を売り物にするなときつく言い渡されてきた。

でも、暮らしはぎりぎりすぎる。どうにもならなくて、元こおろぎ組の幹部に媚《こ》びたことも一度や二度じゃない。最後までしないが、触って触らせる。正直、気持ちのいいものじゃない。

それも、この頃では立て続けになっている。これ以上、相手を増やしたくないし、頻繁に相手すれば、手でする以上のことを望まれてしまう。欲望のコントロールは重要な問題で、気疲ればかりが募って骨が折れる。

「おまえのところさぁ。そんなこと言える状況なのかよ。この前も普通の顔して会合に出てきてたけどさぁ。組長さん、安いスーツが浮きまくってたぞ」

「……」

田辺の嫌味にくちびるを噛んで耐える。怒りをやり過ごす方法は、この数年で身につけた。聞き流しておくだけだ。溜《た》まりに溜まった怒りは、店を出てから、そのあたりのチンピラへぶつければいい。

「まぁ、酒でも飲んで」

田辺がビール用の小さなグラスを引き寄せ、ウィスキーをそのまま注いだ。

「こぼすなよ」

笑いかけられ、睨み返した。強い酒を、一気に飲み干す。喉から胃にかけて、かっと熱くなる。

「すっごーい」

乾いた笑いを浮かべたホステスが、冷ややかに手を鳴らす。

田辺が、さらに次を注ぐ。佐和紀は無言で飲み、グラスはまた満たされる。

「さてと、外の空気でも吸いに行くか」

田辺が腰を浮かし、

「あー。また、悪いことするんでしょう」

女の子はキャッキャッと無邪気に笑う。それが、佐和紀には邪悪に見えた。もうひとり女の子を呼びつけた田辺に連れられ、エレベーターに乗る。

ビルの外はきらびやかなネオンの輝く夜の街だ。田辺は女の子を両手に抱き、道の先を指差した。

「向こうの信号までダッシュして戻ってきて」

その言葉に、酔った女の子たちはひどいと笑い、早く早くと佐和紀を急《せ》かした。言われた通りに信号まで全力疾走して折り返す。田辺から遅いと罵《のの し》られた。もう一回やれと言われ、佐和紀は従う。酒が回り、なにも考えられなくなる。

何回目かで足がもつれ、その次で吐いた。交差点の角でガードレールに掴まり、身を乗り出して道路へと胃の中のものをぶちまける。

通行人たちから白い目で見られても、気にするような余裕はない。すぐに走って戻ると、煙草《たばこ》に火をつけた田辺はヘラヘラ笑った。

「きったねーの」

煙草を持った手で、肩を小突かれる。

立っているのもつらい佐和紀は足に両手をつき、はぁはぁと喘《あえ》ぐように息を繰り返した。吐き気がまたこみあげ、ずれた眼鏡《めがね》を押しあげる。

「明日、連絡する」

つまらなさそうに言った田辺が踵《きびす》を返す。女の子たちもドレスの裾《すそ》を翻した。あとを追っていく。

「田辺さ〜ん。おもしろかったぁ」

「あの服の色、気持ち悪くて超ウケるー」

女の子たちの甲高い声はよく通る。道路端でもう一度、嘔吐《おうと》した佐和紀は、眼鏡を額へ押しあげ、目元を服の袖で拭《ふ》いた。

「あんた、平気?」

横から水のペットボトルが差し出され、佐和紀は首を振って拒んだ。聞き覚えのない声だ。

「飲みかけで悪いけど、口をゆすぐぐらいはできるだろ」

そう言って、無理に持たされる。

「あいつ、嫌なことあるとすぐにチンピラいじめるからな」

佐和紀が顔を向けると、にこりともしていない男はまったく違う方を見ていた。朴訥《ぼくとつ》とした顔と黒いポロシャツがひどく地味で、だからこそ自分と同じ『本職』だとわかる。男はヤクザだ。

水をひったくるように受け取り、佐和紀は酸っぱい味しかしない口をゆすいだ。

「じゃあ」

男が静かに離れていく。目で追うと、道路を渡ってくる黒ジャケットの団体を待っているのがわかった。五、六人に囲まれた真ん中に、ひときわ仕立てのいい三つ揃《ぞろ》えのスーツを着た男がいた。髪をオールバックに撫《な》であげ、眼鏡をかけている。

佐和紀に水をくれた男が出迎え、頭を下げた。声がかろうじて聞こえる距離だ。

「田辺はあの店に」

「呼んでこい。シン、おまえは行かなくていい」

オールバックの男は、いかにもヤクザの兄貴分といった雰囲気だ。でも、彼だけが、雑多な繁華街で浮いているように見えた。高級なスーツが、様になりすぎている。

こおろぎ組にいた岡崎と同じくらいに男振りが良い。そう思った直後に、佐和紀は思い直す。岡崎は、もっと無骨だ。ほんの少し不器用で、それを補って余りあるほどの人情味があった。

思い出したくもない男の顔が甦《よみがえ》り、佐和紀は顔をしかめた。

岡崎が組を裏切らなければ、こんなことにはならなかったのだ。少なくとも、松浦から、たい焼き屋をしようと言われることはなかっただろう。

腹立たしさが募り、ぎりぎりと奥歯を噛んだ。知らず知らずのうちにペットボトルを握りつぶす。人の気配を感じて振り返ると、さっきの男が立っていた。

「これ、うちのアニキから。迷惑料」

そう言って、折りたたんだ万札を差し出される。

「いらねぇ」

うつむいた佐和紀はそっぽを向いた。

「まぁ、そう言わず。……こんな色の服、よく見つけてくるな」

佐和紀の服のポケットに金を押し込み、男は静かに笑う。

「田辺はな、これからアニキに叱《しか》られるから」

ふっと頬《ほお》をゆるめたのが、意外なほど意地の悪い笑顔に見える。佐和紀は相手を睨んだ。長屋に移ってから、住人以外の人間は条件反射で睨んでしまう。一種の癖だ。

「なぁ、あんたのアニキ、どこの人？」

佐和紀の質問に、朴訥と見せかけているだけの男の眉が動いた。

「ん？」

「どこの組の人」

「……同業？」

問われてうなずく。意外そうに眉をはねあげた相手が口を開いた。

「大滝組の……、あ、来た」

最後まで言い終わらずに、話は切りあげられた。呼び出された田辺が、小走りに兄貴分へと近づくのが見え、男も佐和紀から離れていく。

「お疲れさまです」

頭を下げた田辺は、顔を上げるなり平手打ちにされる。

「おまえなぁ、チンピラいたぶってる暇があったら、しっかりやれよ」

「……はい」

「てめぇに酒飲まして、素っ裸で走り回らせてやろうか？　それとも、そこにベッド置いて、まな板ショーするか」

「勘弁してください」

あの田辺が借りてきた猫だ。腰の後ろで腕を組み、うなだれている。ペットボトルをくれた男が、すっきりするだろうと言いたげな目配せを佐和紀へ送ってきた。

田辺がもう一度、頬を張られる。

「きっちり報告してこいって、そう言ってるだけだろう。それが難しいか？　おまえはバカか」

「いいえ、違います。やれます」

「それ、何回目だ」

「三回です」

「仏の顔も三度までだ。次があると思うなよ」

「はい。申し訳ありませんでした」

「警察呼ばれちゃしかたがないから、今夜のところは別の場所で笑わせてもらうか」

兄貴分が背中を向け、

「え！　ちょっ……」

田辺が追いすがる。ペットボトルの男が、その肩を摑んだ。

「ご愁傷さま。俺もきっちり見せてもらうから」

「なんで、おまえまで！　関係ねぇだろ！」

「知るか」

「なんだよ！」

　叫んだ田辺が男の腕を振り払う。

「岩下さん！　岡村を同席させるのはやめてくださいよ。ツレに見られるのは嫌です」

「見せて恥ずかしいことの方を反省しろよ。俺の下がヘタクソだなんて恥だろうが。まだ童貞だって方が、笑えるだけマシだ。行くぞ」

　兄貴分はつれない態度で冷ややかに笑う。田辺はツレだと言った男を振り向いた。

「笑うなよ、岡村。覚えてろよ」

「……だから、知るかっつーの。どうせなら、手伝ってやろうか」

　集団の近くに黒塗りのベンツが停《と》まり、乗り切れなかった残りはタクシーを呼び止める。田辺は佐和紀に気づいていないようだった。走り去るベンツを見送り、佐和紀は静かに息をつく。吐き気が収まると、身体に熱が生まれ、暴れ回りたくてしかたなくなった。


　佐和紀が繁華街の裏路地で五人とケンカした翌日、田辺からの連絡はなかった。

元からそういう男だ。三日して連絡が入り、呼び出されたのはいつもとは違う中堅クラスのクラブだった。兄貴分からのリンチにでもあったかと思ったが、その顔には傷ひとつない。涼しげな男前のまま、しばらく店で働いてくれと言い出された。

気乗りはしなかったが、店のママは性別を知っていると言われ、化粧をしたあとでクビになればいいと思い直して承諾した。売春を斡旋《あっせん》されたのでなければ、仕事をくれと頼んだ手前、今後の付き合いを考えても断れない。

しかし、佐和紀の思い通りにはならず、化粧をした姿は、店のママにいたく気に入られた。新しい子が店に出るまでの一週間の約束で、臨時ホステスとして雇われ、今日がやっと最終日だ。

「詐欺だな」

客のいなくなった店で、ソファにふんぞり返った田辺が言う。女の子が全員帰ってからしか着替えられない佐和紀は、腰に片手を当て、望まぬ来客に不機嫌を隠さない。

「田辺さん。戸締まりお願いします。セットは明日片付けますんで、そのままで」

黒服が離れた場所から声をかけてくる。

「はーい。お疲れさま～」

「ミサキさん。一週間、お疲れさまでした」

頭を下げられ、佐和紀も膝の前で両手を揃えた。

「お世話になりました」

　顔を上げると、男だとわかっているはずの黒服はぽぉっとなる。どぎまぎした様子で視線をさまよわせ、もう一度頭を下げて出ていった。

「あいっつさー。おまえのこと、俺の女だと思ってんだってさ。笑えるだろ」

「笑えねぇよ」

　睨みつけ、佐和紀はパッドの入った胸の位置を乱暴に直した。

　肩幅と喉を隠したドレスはかなりクラシカルだ。シフォンのスカートは膝から下が透けていて、イスに座るとふくらはぎが露《あら》わになる。引き締まっている佐和紀の足は、鍛えてもごつごつとした筋肉がつきにくく、陸上部だったのかと聞かれるだけで男とはバレない。

「俺にも水割り作ってよ」

「もう、ホステスは終わりましたぁー」

　スツールに腰かけ、佐和紀は自分のグラスに水を注ぐ。

　田辺が横から酒を足してきた。

「ほんと、女に見えてくるから不思議だ」

　顔を覗き込まれ、つんとアゴをそらす。

　ふわふわと巻きあげた髪はウィッグだ。おくれ毛もくるくると巻いている。

「ママが大喜びだったぞ。給料に色つけるって言ってたから、そのままもらっておけよ」

田辺の言葉通りだ。前払いされた給料の残りは明日もらうことになっているが、もうしばらく働かないかと、ついさっき、ママを送り出したときに誘われた。

丁重にお断りしたが、正直に言って後ろ髪を引かれる。幹部のナニをしごくよりは、よっぽど気楽な仕事だ。しかし、松浦に言えない。

「なぁ、おまえの兄貴分って、大滝組の誰だっけ」

酒を飲みながら聞くと、

「岩下だって言ってんだろ。いい加減、覚えような？　岡崎さんの舎弟だ。若頭補佐だ」

「ふぅん」

「おい！　わかってる？　大滝組の若頭補佐だよ？　大抜擢された……」

「岡崎に付いてるようじゃなぁ……知れてんじゃん」

「おっまえなぁ……。岡崎さん、だよ。こおろぎ組ではかわいがってもらってたんだろうけど、いまはもう若頭なんだぞ。おまえにとっては雲の上の人だ。俺のアニキもな」

「なんか、すごく鼻につく男前だったたな」

「……鼻につくって……」

田辺が肩を揺すって笑う。

「おまえにかかったら、幹部もカタナシだよな。まぁ、岡崎さんはともかく、岩下さんと直でやり合うことなんか、おまえみたいなチンピラには、一生かかっても無理だからな。

好きなように言っておけよ」

田辺にスカートの裾をつままれ、その手を振り払う。

「お触り禁止」

「マジか。いいじゃん。おまえ、男だろう」

「……」

佐和紀が黙ったのをいいことに、田辺はもう一度レースをかき分けた。

「毛、生えないの？　足、つるつるじゃん。剃《そ》った？」

「元から薄いんだよ」

「へー、それって、下の毛も？」

聞かれて睨みつける。

「男同士なのに、これぐらいのシモネタもなしか？　ちょっと気にしすぎじゃねぇの？」

今日はひどく上機嫌だ。来たときから酒が入っていたし、いまも焼酎をロックで飲んでいる。

「水割り、作ってやるよ」

飲み干した佐和紀のグラスを引き寄せ、そんなことまで言い出す始末だ。好きにさせながら、佐和紀はふっと息を吐く。

「なぁ、着替えてきていい？　これ、コルセットしてるから、腰が苦しいんだよ」

「えー、もったいない。化粧そのままならいいけど」

「やだよ」

ベッと舌を見せて、佐和紀はわざとスカートを揺らして立ちあがった。慣れた仕草でシナを作り、肩に頬を寄せて、少しだけ腰を沈ませる。

「エロい……。バカか、おまえ」

店では定番になっている佐和紀の挨拶《あいさつ》に、田辺が苦々しく顔を歪めた。正体を知っているだけに気味が悪いのだろう。普通の反応だ。

「着替えてきます」

ホステスのときの口調で言って、佐和紀はひらひらと指を振った。十代のほとんどを女装のホステスで乗り切ってきた佐和紀にとって、案配よく色気を振りまくのは難しいことじゃない。

松浦と出会ったのも、場末のスナックだった。

更衣室でドレスを脱ぎ、化粧を落とした。それから、佐和紀の趣味が悪すぎると嘆いたママから与えられた通勤用のトレーナーを着る。破れたジーンズは私物だ。

席へ戻ると、携帯電話をいじっていた田辺が顔を上げた。

「いつもの顔だな」

グラスを差し出され、黙って受け取る。

「女装するとき、眼鏡してないだろ？　見えてるのか」

「だいたいは。一週間じゃ、客の顔なんか、覚えなくていいし」

かけた眼鏡を指で押しあげ、濃い目の水割りを飲んだ。焼酎の味が喉に気持ちいい。

「目が悪くなったのは、いつ」

「ずっとかけるようになったのは、十年ぐらい？　組に入って、目つきが悪すぎるって言われて、新しい眼鏡を買ってもらえたんだよな」

「……おまえ、本当にバカだな」

「関係ないだろ、いまの話と」

「コンタクトにしないのか。したらいいのに。買ってやろうか」

「はぁ？　気持ちわるっ……っていうか、あんなの、目に入れられねぇし。男なのに『入れられる』とか、意味がわからない」

佐和紀の言い分に、田辺が肩を揺らす。その仕草が、眼鏡をかけていても二重写しに見え始め、佐和紀は酔ったと感じた。眼鏡をはずし、目をこする。

「酔った？　こっち来てもたれろよ」

そう言われて、佐和紀は眼鏡をテーブルに置いてソファへ移動した。

疲れのせいなのか、身体がひどく重い。ソファの背に、すがるようにもたれかかった。

「……帰らなきゃ」

一週間の短期バイトだと言ってはあるが、ホステスだとは明かしていない。

「送っていくから」

「……おまえだって、飲んでるくせに」

「タクシー呼ぶっつーの」

「あぁ、そうか。……なんか、ふわふわしてきた。暑くない？」

「……暑い？」

田辺が応《こた》える。佐和紀は眠気と酔いの間でうなずいた。

「脱げば？」

言われて、トレーナーを脱いだ。下はタンクトップのシャツだ。

「わかってはいるけど、ほんと、胸がないな」

「あってたまるか」

睨んだつもりだが、力が入らない。

「下も脱ぐ？」

不思議な発言を、佐和紀は聞き流した。手が伸びてきて、ジーンズのボタンがはずされる。

「た、なべ……」

「うん？」

おかしい。そう思った。当たり前だ。

ボタンがはずされ、ファスナーが下がる。シャツが引き出されて、男の指が素肌を這った。

「……な、にして」

「あとでちゃんと着せてやるよ。送ってやるし……な？」

「待て」

頭がぐらりと揺れた。視界が盛大に歪み、吐き気がこみあげてくる。田辺を押しのけて立つ。と同時に足がもつれて横転した。

「はいはい。無理無理……。もう、キマっちゃってるから」

「た、なべ……っ」

「そろそろ、気分よくなるよ」

近づいてきた田辺が、佐和紀の上にのしかかる。手首を床に押しつけられ、テーブルの脚を蹴《け》った。

「……吐く」

「は？」

怯《ひる》んだ胸倉を摑み、佐和紀は引き寄せながら身をよじった。上下が入れ替わり、相手のシャツに向かって容赦なくぶちまけた。

「おまえ……！　絶対に犯すからな！」

激怒した田辺が叫び、佐和紀は、その頬を力任せに殴りつけた。

「気持ち、悪い……っ　最低……」

ふらふらっと立ちあがり、トイレに入って、残りもひとしきり吐き切った。

前からずっとそうだ。ドラッグ類のほとんどは佐和紀の身体に合わない。

手籠《てご》めにしようとした男は山ほどいたが、酒を飲んで胸がムカムカするときは、だいたい媚薬《びやく》だのなんだのと薬のせいだった。睡眠薬も、眠たくなる速度でそれとわかるから、もはや野生の勘だ。

トイレから出ると、シャツを水洗いする田辺がいた。

「素直に返すと思うなよ」

負け惜しみのようなことを言って一瞥《いちべつ》を投げてくる。佐和紀は頬を引きつらせ、

「……おまえ、いつから狙ってた」

田辺を見据えた。

「はぁ？　狙うわけないだろ。おまえが誘ってんだよ」

それは嘘《うそ》だ。田辺の目が物語っている。

佐和紀はふぅっと息をつき、拳を握った。油断している腕を引き寄せ、腹に思いっきりぶち込む。

「おまえのいいところなんて、顔だけだったのに。ごめんなー。殴って」

そう言いながら、二発目、三発目を打ち込むと、今度は田辺が吐いた。佐和紀の拳は見かけ以上に重い。

「なかったことにするから、また仕事誘って……」

「ふざっけんな」

洗面台にしがみついた田辺は顔を上げなかった。苦しさに滲《にじ》んだ涙を見られたくないのだろう。

佐和紀は長居せず、脱いだトレーナーを着てから店を出た。

しばらく歩いているうちに、下半身に熱を感じて足を止める。

薬のせいだとは思えないが、身体の反応は呼吸を整えても収められないほどになった。しかたなく狭い路地に入る。人がひとり歩ける程度の広さしかないそこは、通路でさえない。猫が迷惑そうに走り去り、佐和紀は一応謝った。

人通りのない通りを背に、薄暗い中でジーンズの前をゆるめる。おっさんたちに触れられるときとは比べものにならないほど反り返ったものを掴み、さっさと処理にかかった。田辺のことは微塵《みじん》も考えない。美人局を手伝っているときから、隙《すき》あらばおもちゃにしてやろうと目論《もくろ》んでいたことは知っている。

酒を飲ませて通りを走らされたのも、少しずつ自分の優位を佐和紀に知らしめるための手管《てくだ》だ。

荒い息を吐き、佐和紀はぶるっと震えた。虚《むな》しい自慰が終われば、泣きたい気持ちしかない。

ふいに思い出すのは、まだこおろぎ組の姐さんが生きていた頃だ。酒に酔った佐和紀がいたずらされないように、いつも自分のそばに引き寄せたのは岡崎だった。

人前ではなにもしなかったが、ときどき手を出された。

やり方を教えてやるなどと言い訳がましいことを言った岡崎の手は、熱があるんじゃないかと思うぐらいに熱く、汗で濡《ぬ》れていて……。気持ちのいいものじゃないけれど、拒めるほど嫌でもなかった。あの頃の佐和紀は、岡崎以外には触らせなかったのだ。

他はみんな気持ち悪くて、気がついたら殴っていた。岡崎は確かに特別で、なのに、自分の中にあった憧《あこが》れはもう、胸に傷しか生み出さない。

何度か関係を迫られ、そのたびにすげなく振った。だけど、それは、ずっとそばにいたかったからだ。ふたりの間に恋愛めいた性的関係を介在させたら、飽きたときが関係の終わるときだと、そんなふうに考えていた。兄貴と舎弟。その領分をずっと守りたかったのだ。そう思わせてくれた岡崎も、いまは組にいない。

ときどき金と引き換えに佐和紀をいじるが、その指はいつもさらりと乾いていた。

暗い路地で、自分の薄い精液をしばらく眺め、固まる前にティッシュで拭いて通りへ戻る。朝が訪れ始めた街は、なにもかもがそらぞらしい。

佐和紀は大きなあくびをひとつして、長屋まで歩いて帰った。


「おまえな！　どこをほっつき歩いてるんだ！」

戸を開けた早々に怒鳴りつけられ、佐和紀は啞然《あぜん》とした。

いつからそこにいたのか、眉を吊《つ》りあげた松浦のこめかみには青い筋が見えた。血管が切れるんじゃないかと心配したが、いきなり肩口を蹴りつけられ、戸から指が滑る。

佐和紀は外へ転がり出た。

「おまえみたいな子分はいらん！」

「はぁ！　仕事だって言っといたよな」

「だいたい、こんな夜遅くに、なにの仕事だ。酒の匂いだけならまだしも、女の匂いまでさせやがって」

「それは……」

土の上に膝をつき、佐和紀は言い淀《よど》んだ。

「女ができただけなら、そんな態度は取らねぇだろ！　おまえ、まさか、女相手に……」

「えぇっ！」

驚いたのは、佐和紀の方だ。

「ないないない！　なに、考えてんだよ！」

頭に血を昇らせた松浦は完全に誤解している。佐和紀が女を相手に身体を売ったと思っているのだ。

男を相手にするよりはよっぽど健全だが、真実じゃないだけに目眩《めまい》しかしない。

「口答えするな！」

トレーナーを摑まれ、顔に拳がぶち当たる。眼鏡が飛んでいった。

「なに、するんだよ！」

その腕を摑み、佐和紀は立ちあがる。気の短さが親子のようによく似ているふたりは、お互いの頭がかち割れそうな勢いで額をぶつけ合う。

「なにしてるの！」

隣から、おばさんが飛び出してきたのをきっかけに、あちこちの戸が開く。長屋の朝は早い。そろそろ身支度を始めようとしていたのだろうおっさんたちも顔を覗かせた。

「血が出てるじゃないか」

と、誰かが言い、男たちがわらわらと近づいてきて、ふたりを引き剝《は》がす。

喚《わめ》き散らして暴れるのは、松浦の方だ。その一言一言に、佐和紀は違うと叫び返す。でも、まるで話にならなかった。向かいの長屋の一番端の部屋に引き込まれた佐和紀は、渡された濡れタオルで顔を拭《ぬぐ》い、深く息を吐いた。家の子どもが嬉しそうにまとわりついてきて、親が止めるのもかまわずに佐和紀の膝へ乗る。

「くちびるの端が切れてるわ。顔を殴ることないのに」

母親がため息をつく。

「眼鏡、どこに行ったのかしら」

「壊れてるかも……」

「あー……」

佐和紀の答えに、父親も加わって、三人で天井を仰いだ。

「でも、久しぶりね。あんなに怒ってるのは」

「そうでもないですよ。あの人、気が短いから」

「佐和紀は慣れてるんだよな？　ほんっと、親子みたいだよなぁ」

父親の言葉に、佐和紀は肩をすくめて笑いをこぼす。

「すぐ、誤解するんだ」

「親って、そんなもんだろ。俺のオヤジもひどいよな？」

「……私に聞かないで。お義父《と》さんのことでしょ。なにも言えないわよ」

「ほらな」

陽気に笑いかけられる。

「ねぇ、組長さん、おばさんたちに吊るしあげられてるわよ」

会話を抜けて外を覗きに行った母親から教えられ、佐和紀はすくりと腰を上げる。

「タオル、ありがとう」

「お兄ちゃん、行っちゃうの？　一緒に寝ようよ」

「また、今度な」

足にまとわりつく子どもを抱きあげ、母親に渡して部屋を出る。

外では女たちに囲まれた松浦がむっすりとした顔で腕組みをしていた。遠巻きに眺める男たちは、女たちの勢いに気圧《けお》されている。

人垣をかき分けると、佐和紀と気づいて道が開いた。

「オヤジ、心配かけてごめん」

「女が相手か」

「……仕事だよ……」

「親にも言えないことか」

「飲み屋のバイトだって……。いかがわしいところじゃない」

このタイミングで、女装ホステスをしていたとは、とてもじゃないが言い出せない。

「バーテンの真似事《まねごと》だからさ……」

「本当だな。親に嘘をつかないな」

ぎりっと睨まれて、佐和紀は息をつく。

「つかない。ちゃんと言わなくて、すみませんでした」

「佐和ちゃん。組長さんね、あんたにいい人ができたんじゃないかって心配してたのよ」

隣のおばさんに腕を摑まれた。

「もしそうなら、言い出さないのは水臭いって思ったのよ」

それが行き詰まって、いきなりの足蹴りになるのだから、ヤクザは恐ろしい。

「やかましい」

低い声で言い放った松浦が、おばさん連中を押しのけた。

「飲みに行ってくる」

「こんな朝っぱらから……」

と、女のひとりがつぶやいたが、松浦は止まらなかった。

「昼メシ、作っとくから！」

佐和紀が声をかけると、振り向きもせずに手を振り、道を曲がって消えていく。

「一騒動ねぇ」

「素直じゃないわぁ」

おばさんたちの井戸端会議が始まり、佐和紀は頭を下げた。戸にもたれて眺めている男たちにも同じように挨拶をする。

「佐和ちゃんは、組長さんに甘いわよ。あの人の服一枚揃えるのに、どれだけ苦労しているか！　ねぇ、そうじゃない？」

肩を叩かれ、佐和紀は眼鏡を探した。

「だって、オヤジだから」

答えながら、レンズにひびの走った眼鏡を見つけ出す。かけ直すと視界にも筋が伸び、これは田辺を言いくるめて買い直させるしかないと思う。すべては、田辺のせいだ。

「いまどき、こんなに良くできた息子はいないわよぉ……」

誰かがオイオイと泣き出し、佐和紀を囲んだ女たちへとまたたく間に伝染した。

「え？　なに、それ……」

佐和紀は戸惑い、助けを求めようと男たちを見回す。

でも、その男たちの目もどこか潤んでいて、まるで頼りにはならなかった。

＊＊＊

牛丼弁当を食べ終わると、悠護はおもむろに英語で話し出した。

それはすべて石垣に向けられたもので、初めこそ戸惑っていた石垣が気を取り直して受け応えると、立ちあがった田辺が佐和紀を手招いた。ふたりでソファを離れ、窓際へ寄る。

「今日、面接の代わり」

窓の外を眺めながら、田辺が言った。

「あぁ……そういうこと」

石垣は留学することが決まっているのだ。

悠護の斡旋だから、本当に実力があるのかを試しているのだろう。

「おまえ、聞いてわかる？」

佐和紀が聞くと、田辺は小首を傾《かし》げた。

ちょっとした仕草がさまになるところは、相変わらずの色男ぶりだ。

「普通レベルの会話ならな……。あれは違うから無理。バリバリのビジネス英語だし、聞いたことない単語ばっかりだから専門分野の話だろ」

「周平の舎弟は、英語必須《ひっす》かよ」

「一部だよ」

そう答える田辺の声には、自分もエリートのひとりだと自覚している響きがあった。それは自惚《うぬぼ》れでもないだろう。

五年前は美人局との二本立てでシノいでいた田辺も、いまでは詐欺商法だけでかなりの額を上納していると聞く。

「なぁ、新条。今度、飲みに行かない？」

顔を覗き込まれ、腕を組んでいた佐和紀は視線だけを動かした。

「ふたりで」

と言われて、思い切り睨みつける。

「おまえとは絶対に、ふたりで出かけない」

「つれないなー。俺とおまえの仲で。……長い付き合いじゃん。岡村なんかより、よっぽど」

そこまで聞いて、田辺の魂胆が読めた。ツレである岡村に嫌がらせがしたいのだ。

意地の悪い思惑が瞬間に透けて見える。

「俺に、何回、薬仕込んだと思ってんだよ。おまえ」

「効かないんだもんなー。ほんと、だいたいは試したのに」

「ぶっ殺すぞ」

佐和紀は裾を乱し、田辺の足に膝蹴りを入れる。

「いってぇ」

飛びあがったのと同時に部屋の電話が鳴り、逃げた田辺が受話器を取る。

「悠護さん。いらっしゃいました」

そう声をかけると、石垣と話していた悠護が英語でなにやら指示を出す。英語のままだと本人は気づいていない。

田辺もあえて訂正はしなかった。

「yes,sir.」

と答え、部屋を出ていった。

石垣と悠護の英会話はなおも続き、佐和紀は勝手に動いて冷蔵庫を漁《あさ》りに行く。

安い缶チューハイを見つけ、こういうところは自分が知っているゴーちゃんなまんまだと思う。安心しながら、プルトップを押しあげた。

缶をあおり、ミニキッチンからソファのふたりを眺める。

手を動かしながら会話している石垣は、スイートルームの雰囲気にしっくりくる。物怖《ものお》じしない目が生き生きとしていて、やっぱり髪は染めない方がいいんじゃないかと思った。

留学に行くときは、金髪から茶髪程度に戻すだろう。そう考えると心がじくりと痛む。

一緒に遊び回って二年。いなくなると思うとさびしくなる。

それを口にすればつらくなるのは石垣の方だから、佐和紀は周平にさえ本心を言えずにいた。石垣が旅立ってからでも遅くはない。

「悠護さん」

戻ってきた田辺の声がして、

「遅くなりまして、申し訳ありません」

佐和紀のよく知る声がした。でも、いつも聞くのと比べれば、はるかによそ行きだ。

三つ揃えのスーツを着た周平が現れた瞬間、部屋の空気がぐっと落ち着いた。まるで主《あるじ》を迎え入れたようだ。さっきまで、一番の色男だった田辺の魅力が半減してしまい、自分の旦那を罪作りだと思う。

背が高く、胸板も厚い周平は、明らかに存在感の格が違っている。

「アニキ」

石垣がすくりと立ちあがる。悠護が笑いながらソファへもたれた。

周平にも英語でしゃべりかける。

「いえ、俺は」

と、石垣が謙遜《けんそん》の言葉を挟んだが、周平は手のひらで止めた。英語での会話が始まる。

その向こうに立つ田辺が、ミニキッチンの佐和紀に気づいた。

視線を感じたらしい周平も振り返る。驚きは見せなかったが、ぐっと声が低くなった。

「俺の、嫁ですよね」

「いや？　俺のオンナ」

悠護が笑いながら佐和紀を手招いた。

「佐和紀によく似てるだろー。美緒だよー」

とふざけている悠護のそばに寄り、佐和紀はその頭を力任せに平手で叩いた。

「いってぇよ！」

悠護が叫ぶ。田辺がぎょっとして、周平が吹き出す。

佐和紀は眉を吊りあげた。

「ばーか。呼び出されたから来ただけだろ」

「おまえのエロビデオ、叩き割られたぞ」

佐和紀を無視した悠護が、周平に向かって余計なことを言う。

「まだあるからなー。今度は男とヤッてるやつ、送ってやるよ」

「もう一度、殴ってやろうか」

佐和紀が凄《すご》んだが、

「やめとけ、やめとけ。見なければいいだけだ」

聞き流す周平に指先で呼ばれる。悠護がすかさず袖を摑んできたが、そっけなく振り切る。悠護の声が背中を追った。

「なぁ、佐和紀。俺と世界一周しに行こうぜ。明日アメリカで、そのあと、オーストラリア行って、マレーシアからドバイで、イタリア、イギリス。最後、フランス。俺の家、見せてやるから」

「え、なに？　アメリカしか聞き取れなかった」

周平のそばに立ちながら聞くと、

「俺、日本語の発音したよな？」

悠護が石垣へ問いかける。困惑した石垣はうなずいた。

「タモツをこんなやつに預けるの、どうかと思うけど……」

佐和紀が思わず口にすると、

「それを言い出すな」

周平が眉をひそめる。

「思ってんだろ？」

「いや、これでいて、ちゃんとした男だ」

「たぶん、とか言うんだろう」

「おまえの旦那より良い人間だよ」

ふたりの会話に、悠護が口を挟む。

「岩下さん、なにか飲まれますか」

田辺に声をかけられ、コーヒーと答えた周平がソファに座る。佐和紀も隣に並んだ。

居心地の悪そうな石垣は立ちあがり、ミニキッチンの田辺を追いかけていく。

「俺の分もコーヒー」

悠護が声をかけ、佐和紀もコーヒーを頼んだ。

「じゃあ、さ。周平も来いよ。佐和紀とセーヌ川沿いを散歩でもすれば」

「悠護がまともなこと言ってんぞ」

「佐和紀。この人もな、普段はまともすぎる男だから」

「嘘だ。悠護の肩を持つなよ」

「そんなことはしてない」

「してる」

「おーい、おぉーい。いちゃつくなよー」

悠護がテーブルを指先で叩く。

「うっせ、ほっといてよ」

わざと周平にもたれかかり、へへへと笑って顔を見あげる。

「なに、それ！　かわいい！」

頭をかかえた悠護が、ぎゃあと叫んだ。

「勃起《ぼっき》するわ。やめてくれ！」

「しーらね」

佐和紀は肩を揺すりながら笑う。周平の指がスッと動き、眼鏡をずりあげられて思わず目を閉じる。条件反射で迎え入れると、キスがくちびるをふさいだ。

「やめろ、よ……」

抗議する佐和紀の声がどんどん弱くなる。

「……全然、嫌がれてないぞ」

周平が佐和紀から離れ、身を乗り出した悠護の額を、テーブル越しに押し戻す。

「なんだよ。キスを見せつけておいて、あとの顔はダメとかエロすぎだろ」

「佐和紀が嫌がりますので」

「なーにが。よっく言うよ」

そこへコーヒーが運ばれてくる。周平が舎弟のふたりにも同席を勧めた。

「タモツ……砂糖……」

佐和紀が見あげると、

「入れてあります」

よくできた世話係はしっかりとうなずいた。

「佐和紀がいるとは思わなかったな」

コーヒーを飲んだ周平の言葉に、佐和紀は隣を見た。

「仕事の話があるなら、出てるけど……」

「そういうことじゃないんだけどな」

ふっと笑った周平は、家でいるときと同じ目をしている。慈しむ視線を向けられ、佐和紀はどぎまぎと視線をそらした。

「……嫁を恥ずかしがらせて遊ぶな。悪党が」

きっちり見ている悠護が悪態をつく。

「すみませんね。あまりにかわいいので、つい」

「バカじゃねぇの」

ハッと息を吐き出し、肩をすくめる。周平は笑い返しながら、

「話があるのは、田辺にだ」

と言った。思わぬボールを投げられ、田辺の背筋がシュッと伸びる。

「なにでしょうか」

「身に覚えがなさそうだな」

「……最近は、真面目《まじめ》にやってますので」

「仕事はな」

周平は悠護に向き直った。

「悠護が日本へ来るのを待ってたんだよ。佐和紀がもらった祝いのお返しを、と思って」

「へー。じゃあ、佐和紀のエロビデオだな」

「なにの話だよ」

佐和紀がすかさず口を挟む。

「それほどいいものか、どうか」

苦笑した周平は田辺へと視線を向けた。

「聞いたか？　悠護と佐和紀はな、昔の知り合いなんだ。佐和紀が結婚詐欺で金を巻きあ

げたんだけどな」

「え。そうなんですか」

黙っていた石垣が声をあげる。周平は小さくうなずいた。

「すっかり女だと思い込ませされてたんだよな」

「時効、ってやつだから」

佐和紀はさらりと言った。悠護を見ると、同意のうなずきが返る。

そんなふたりのやりとりを横目で見た周平が、スーツの内ポケットを探った。取り出したのは封筒だ。

「まぁ、そういうわけだから、俺が結婚したときは、相手が自分の知り合いだと知りもしなかったわけだ。まさか悠護も、こういう写真があるとは思わなかっただろう」

封筒の中身がテーブルの上に散る。無数の写真だった。

「これ、姐さんっすか」

石垣が手を伸ばし、

「あー、まんま、美緒じゃん」

と悠護も身を乗り出す。確かにそうだった。

広げられた写真には佐和紀ばかりが写っている。盗み撮りだった。大半が女装写真で、すっぴんも紛れている。

「やっぱり似合いますね。これなんか、女にしか見えないじゃないですか」

石垣が探し出した一枚を、悠護が覗き込む。

「めっちゃ、いい女になってんじゃゃん、美緒……」

「美緒じゃねぇよ」

苦笑いを浮かべた佐和紀の隣で、

「身に覚えがあったか、田辺」

周平がひやりとした声を出した。

「……俺の部屋に……」

「鍵《かぎ》が開いてて不用心だったなぁ」

「そんなわけありません！ オートロックなんですから！ 不法侵入じゃないですか」

叫んだ田辺の顔は真っ青だ。

「おまえ、他には持ってませんみたいなこと言ってなかったか」

「俺のじゃありません。第一、新条の写真なんて」

「その割には、現像までしてるってのがなぁ。データならまだしも」

「い、岩下さん」

うまく言い逃れられず、田辺の目が泳ぎ出す。

「周平。やめてやれよ」

思わず袖を引いた佐和紀は、

「この程度なら、どうってことないし」

なにげなく口にした。

「ん？」

周平が首を傾げる。視線がスッと田辺を見据えた。

「……余計だよ」

震えあがった田辺が顔を歪め、佐和紀はさらに周平の袖を引いた。

「こいつは、俺の女装が好きなんだよ」

「このネタ、シンに教えたら、おもしろそうだろ」

「意地が悪いって」

佐和紀がいつ爆弾を落とすのか。気が気でない田辺の額に汗が浮く。

残りのふたりは、あっちがいいのこっちがいいのと言い合いながら、のんきに写真を眺めている。

「こんな写真、持ってるのも忘れてましたよ……。だから、盗まれても気づかなかったんです」

田辺の声は表面上、落ち着いている。周平は身体を屈《かが》め、足に頬杖《ほおづえ》をついた。指先で、自分の顔を支える。

「写真だけですって……」

田辺の表情に怯《おび》えが浮かび、佐和紀は周平の肩を見た。どんな顔をしているのか、だいたいの想像はつく。

おそらく、佐和紀には、一生かけても見せない顔だ。

「これって、かなりグレーじゃないですか」

石垣が悠護に話しかけている。

「いや、完全にアウトだろ」

写真を見た悠護が答え、石垣と一緒になって振り向く。佐和紀にも写真を向けた。口元を接写している一枚には、溶けかけたアイスを舐める舌先。そしてもう一枚は、雨でびしょ濡れになっている姿だった。

「な？　アウト」

悠護が繰り返す。

「周平、これってアウト？」

声をかけると、視線が返る。その向こうで、周平の睨みから解放された田辺はおおげさに胸を撫でおろした。

「おまえは平気なんだな」

周平に言われ、佐和紀は首を傾げる。

「んー、ちょっと気持ち悪いけど」

「ウブすぎるだろ」

悠護が突っ込んでくる。

「なんだよ、こんなので興奮すんの？」

切り返すと、悠護は石垣と目を見合わせた。どうやらお互いに興奮するタイプらしい。

周平は肩をすくめ、田辺に手を差し出す。

「ケイタイ、出せよ」

「あの……」

「おまえの本命には、まったく興味はない」

真顔になった田辺がポケットから携帯電話を取り出した。受け取った周平が操作を始める。

「本命って、なにのこと？」

「あんたは黙っててくれ」

佐和紀に対してぴしゃりと返した田辺を、周平がちらりと見る。

「田辺。おまえ、いつから男に鞍替《くらが》えした？」

「してません」

「だよなぁ。女の方が好きだったよなぁ。……消すぞ」

周平が画面を見せ、田辺がごくりと息を呑《の》む。

「おまえさぁ。俺の嫁が新条佐和紀だってわかった時点で、こういうものは消すべきだろう」

「うっかりしてました」

「言い逃ればっかりするなよ。佐和紀、この顔、かわいいな」

見せられた画面には、佐和紀の寝顔があった。いつ撮られたのかまるでわからないが、うたた寝をしているショットだ。

「佐和紀だからなのか。顔が好みなのか。どっちだ」

「……後者です。新条には、まったく、全然、興味ありません」

「佐和紀。おまえ、こいつに襲われたことあるか？」

周平はうつむいたままだ。とっさに田辺と視線を交わし合い、

「あるわけないだろ」

と佐和紀は答えた。たびたび薬を仕込まれていたなんて言ったなら、血の雨が降りそうだ。比喩《ひゆ》ではなく。

「悠護。その写真はおまえにやるよ」

田辺に電話を投げ返した周平の言葉に、悠護は素直に喜ぶ。

「写ってるのは俺なのに、決定権、おまえなの？」

佐和紀が不機嫌にくちびるを尖《とが》らせても、周平は気にも留めない素振りで静かに笑う。

「俺は、女装してるおまえの写真に興味ないから」

「だからって……」

「俺がおまえを手放したみたいでおもしろくないか」

「まぁ、そんな感じ」

「女の格好ぐらい、いくらでもしてくれるだろう？　俺が頼めば。こんな写真よりきわどい格好で誘わせるのは、俺だけの特権だ。それに、悠護には恩を売っておいた方がいい。タモツの将来がかかってるからな」

タモツは単なる世話係だ。しかし、佐和紀にとっては友人のようでもある。石垣の将来がかかっていると言われれば弱い。佐和紀は押し黙った。

石垣は困った顔で写真から手を引く。その動きをちらりと見て、佐和紀はしかたなく息を吐き出した。

「佐和紀、ちょっと……」

帰り間際に袖を引かれ、エレベーターホールへ向かう周平たちから離れた。ズボンのポケットに手を入れた悠護が、床を蹴る。

「おまえ、本当はどう思ってんの？　石垣を出していいのか」

うつむいたままの悠護を見て、佐和紀も足元へと視線を落とした。

「嫌だと思ってるならさぁ、人選ぐらい、どうとでもなるんだよ？」

いまのうちならと言いたげな口調に、ふざけ半分に佐和紀を呼び出した本当の理由が知れた。

佐和紀は小さく息を吸い込み、着物の衿に指を滑らせる。

「ゴーちゃんは？　あいつがモノになると、本当に思ってる？」

「誰でもいいって話じゃないからな……。できれば、あれぐらい頭がいいのをもらいたい」

「タモツでなきゃダメなら、俺はなにも言わない」

佐和紀の言葉に、悠護が顔を上げた。自分のうなじをしきりと触る。

「本当か？」

心配している口調に、遠い昔を思い出す。佐和紀は背筋を伸ばした。

「あのさ。あいつは、俺のカレシでもなんでもないし。単なる世話係だよ？」

「おまえのツレだろ」

それが珍しい存在だと、悠護は知っている。顔の作りが良すぎたせいで、同性の友人はほとんど作れなかったのだ。どうしたって、支配するしないが絡んでくる。

「ありがとう、ゴーちゃん」

素直に口にすると、ぽかんと口を開いた悠護はふっと肩の力を抜いた。

「どういたしまして。おまえがそういうつもりなら、いいんだ」

そう言って、腕をポンと叩いてくる。

「離れてたって、友達は友達だ」

「タモツが俺を友達と思ってるのかは、わかんないよ？」

「それをおまえが言うか」

苦笑した悠護に、エレベーターホールへと肩を押し出される。

エレベーターを停めて待っていた三人が振り向いた。

＊＊＊

「まだ起きてたのか」

寝室の襖《ふすま》が開いて、周平が入ってくる。掃き出し窓を開けて煙草を吸っていた佐和紀は、ちらりとだけ振り返って、また外へと視線を向けた。

ホテルの駐車場で周平と田辺から見送られ、佐和紀は石垣とともに屋敷へ戻った。その石垣も、すぐに出かけていき、日が変わるいままでひとりで過ごした。

とはいえ、退屈はしていない。暇になれば部屋住みをからかえばいいし、食事も母屋で取れば孤独じゃない。必ず誰かがいる環境は、長屋で暮らしてきた佐和紀にはありがたかった。

「一服してから寝ようと思って」

煙草をふかしながら答えると、パジャマ姿の周平が背後に寄り添い、浴衣姿の佐和紀を両足で挟んだ。

「疲れた……」

肩に顔を埋めた周平が息を吐き出す。アルコールの匂いはしなかった。

「お疲れさま」

くわえ煙草で髪に手を回すと、髪の根元はかすかに湿っていた。シャワー浴びてきたのだろう。

「佐和紀」

手を摑まれ、身体を引かれる。煙草を取られたくちびるに、周平のキスが落ちた。

「子どもだまし」

優しすぎるキスをからかうと、周平が目を細めた。それでも吸いかけの煙草を口に挟む。ゆっくりのんびりと煙を喫《の》み、しばらくして灰皿に押しつけた。

「じゃあ、大人のキスを、おまえからしてくれ」

髪をかきあげた周平が眼鏡をはずす。煙草を吸って寝るつもりだった佐和紀の眼鏡は、枕元《まくらもと》にある。

裸眼のままで立て膝になった佐和紀は、周平のたくましい首に指を這わせた。耳の裏から首の根元へ、両手を滑りおろす。周平がかすかに眉を寄せたのを見て、佐和紀は両肩を指で強く指圧する。それから、ぐいぐいと揉《も》んだ。

「あん摩は頼んでない……」

「でも、気持ちよさそうじゃん」

そう言いながら、もう一度首の筋を撫でおろす。

「おまえは」

「動かない、の！　もうちょっとほぐして、から……」

「佐和紀」

焦《じ》れた周平の手が膝に伸びてくる。それでも佐和紀がキスしないとわかると、今度は胸のあたりをまさぐってきた。

「ちょっとぐらい、待てないのか」

探り当てた乳首を指でこねられ、佐和紀は身を引く。動きが止まってから、顔を覗き込む。

「いい匂いがする」

周平の頬を両手で包んだ。身じろぎひとつせずに待っている旦那のくちびるに、そっと顔を近づけていく。

触れ合う瞬間は息が止まる気がして、胸がとくんと甘く痺《しび》れる。佐和紀は目を伏せた。

周平のまぶたも閉じていて、まるで躾《しつ》けられた大型犬のようだ。襟足を何度も撫でて、首の傾きを変えていく。

「くち、開いて」

指を差し込むようにして頼むと、目を閉じたままの周平がくちびるの力を抜いた。さらに深く重ね、唾液《だえき》で濡れた周平の舌を探し出す。

どちらもが静かな息を繰り返し、やがて周平の手が動いた。佐和紀の手首を掴み、股間《こかん》まで誘《いざな》う。

「もう、そんななの？」

意地悪く言うと、周平がまぶたを開いた。

「昼からずっとだ」

冗談とは思えないことを言い出して、佐和紀を戸惑わせる。

「佐和紀。おまえ、田辺をかばったな？」

「昔のよしみだ」

ふっと笑ってキスを再開した。甘い唾液を絡ませ、浴衣の裾を乱しながら身を寄せる。

「なにをされたんだ」

「……仕返しなんて頼んでもない」

「頼まれたからするんじゃない」

「だから、言わないんだろ？　たいしたことじゃない。俺とあいつの間では、カタがついてんだよ。おまえの嫁になった俺の方が、いまじゃ格上だもん」

周平がなにを気にするのか、佐和紀には漠然としかわからない。

「俺の周りでごちゃごちゃしてたヤツのことなんて気にするなよ。……というか、あいつに対しては特に怖いんだけど」

「あいつは見た目と要領がいいから、すぐに手を抜くんだ」

「あー、わかる、わかる。そういうところあるよな。詰めが甘いっていうか……」

「わかるなよ。おまえはわからなくていいんだ」

抱き寄せられ、畳の上に組み敷かれた。周平の手が遠慮ない動きで浴衣《ゆかた》の帯を解く。

「あんまり、下のやつをいじめるなよ」

佐和紀が見あげながら言うと、

「それは、シンのことか」

周平はわざとらしく眉をひそめた。

「まぁ、あいつも含みだけど……。そこを名指しするのがまた、おまえの嫌なところなんだよ」

下着を剝がれながら、佐和紀も周平のパジャマを脱がしにかかる。

「おまえは優しすぎるんだよ」

そう言った周平の手が下半身に添い、佐和紀は浴衣を脱ぎ捨てて布団へ逃げた。

窓を閉めた周平が部屋の電気を消し、枕元の灯《あか》りだけを頼りに忍んでくる。待ちきれずに手を伸ばすと、嬉しそうな笑顔を返された。佐和紀は、

「べつに優しくなんかない。どうでもいいんだもん」

子どもっぽく言って布団の端を上げる。入ってきた周平にしがみつくと、強く抱き返された。胸の奥が、すっと凪《な》ぐ。

「田辺はさぁ」

と、佐和紀は昔を思い出して笑う。

「そのたびにボッコボコにしてやったんだ。だから、いいんだよ」

「……あー」

佐和紀の身体を撫でさすっていた周平にも、思いつくところがあったのだろう。歪めた顔に朗らかな笑みが浮かび、やがて舎弟への同情へすり替わった。

「あいつの肩……」

そう言った周平の声に、佐和紀は意気揚々と手を挙げた。

「俺、俺。脱臼癖《だっきゅう》ついてるだろ?」

「……これからは、もう少し優しくしてやろうか、な……」

苦笑した周平が言い出し、佐和紀は、

「それがいいんじゃない」

と答えてキスをねだる。腰の裏側を撫でおろす指に探られ、息があがってしまう。舎弟の話は、もうこのあたりで切りあげたかった。

「周平……」

吸いあげられた息を、自分から仕掛けるキスで取り戻し、佐和紀はずりあがる。指が忍びこみやすいようにして、枕元に手を伸ばした。

「中に、欲しい」

そう言ってローションを渡すと、周平が身体を起こす。いつからこんなことを言えるようになったのかと、佐和紀は横向きに転がりながら思う。性急さを求めるバックスタイルより、安心感のある正常位より、身体が楽な体位を当然のように選ぶ。

変わらないのは、周平の指が忍んでくる瞬間の、胸の苦しさだ。

そして変わったのは、せつなくて嬉しい、と思うこと。

「……そこ……っ」

内壁を押さえながらぐるっと回った指の動きに声を出す。

切羽詰まった息遣いがいやらしく響き、自分の体温があがっていくのを自覚した。

「ここ?」

優しい問いかけに脇腹《わきばら》をくすぐられ、周平の足を蹴る。

「んっ……」

また指がこすれ、快感が灯《とも》った。目を細め、佐和紀は丸くなる。乱れがちな呼吸を整え、指の動きに耐えた。早く欲しくて焦れるたび、内壁が周平の指を締めてしまう。それさえ恥ずかしいとは思わない。もっと恥ずかしいことを知っているし、もっと気持ちのいいことも知っているからだ。

太くて淫《みだ》らな指でさえ、周平の欲望のきつさには勝てない。

「あっ……」

それがあてがわれ、周平が身を寄せてくる。男の肌の熱さが佐和紀を追い詰めた。香水と同じ石鹼《せっけん》の匂いが淡く香り、佐和紀は目を閉じて息を吐く。ぐっと押し入った先端が自分の身体に飲み込まれていく。そして、中に忍んできた周平が、熱っぽく息をついた。

興奮を隠しきれない指に促され、求められるままに身体を開くと、いやらしいキスが待っていた。ひとしきり舌が絡み、周平の形しか知らない粘膜がひたりと寄り添う。待っていたかのように、深く押し入っていた杭《くい》が動いた。

ひっそりと収められただけなら苦しいだけだ。なのに、ずるっと動くだけでせつなさが加わる。

奥を突かれて息が弾み、引き抜かれて腰がよじれた。そんな佐和紀の反応を愉《たの》しむ周平の表情を盗み見て、佐和紀は自分の下半身に手を伸ばした。

直接的な刺激で立ちあがったそこは、触れると震えて逃げようとする。佐和紀自身の手よりも周平の手がいいんだろうと文句をつけたくなる瞬間だ。

周平じゃないけどごめん、と心の中でつぶやく。心が、ため息をつくように落ち着いていく。それから、佐和紀は、できる限り周平の動きを真似た。

ひとりでするときよりも、もっとしつこく先端をもてあそぶ。それが周平の愛撫《あいぶ》だからだ。

「っ……はっ……」

「そんなにいじって……」

周平に見咎められ、佐和紀は拗《す》ねた目で見つめ返す。胸の奥でぐるぐる渦巻く感情に勝てず、

「周平……触って」

片足を開いてねだる。

「自分の方がいいんじゃないのか」

断られることもなく体勢が変わる。正常位で向かい合い、佐和紀は自分の足を抱えるように持った。

「んっ……ふ」

握られて腰が浮く。その中心に深々と差し込まれたものが前後に揺れ、佐和紀は唇を噛んで快感をなだめた。入れられて気持ちいいのか、触られて気持ちいいのか。すでに意識は遠く、判然としない。でも、周平の身体の熱を感じるたび、自分が癒《い》えていく気がした。

さびしいと言えないで生きてきた。なにげなく口にできたこともあったが、返される優しさに満足できたためしはない。

訴えを聞き、抱きしめてくれた女はいたし、慰めてくれる男もいた。だけど、誰の手も温かいだけで、それ以上にはならなかったのだ。何度か泣いたけれど、乾いた心が潤うこともなかった。

「……ぁ、いい……」

くらりと目眩がして、周平の腰に足を回す。そのまま腕を引きあげられ、足の上に乗せられる。

「……んっ」

結合が深くなった腰を逃がすと引き戻され、周平の肩に摑まった。

「あ……はっ……」

「ゆっくり動くから、掴まってろ」

「んっ……」

佐和紀の昂《たか》ぶりを掴んだ周平が、もう片方の手で腰を掴む。ゆるやかに揺れる動きは、その穏やかさとは裏腹にいやらしい。

「あっ……ぁ……っ、あっ……」

激しくしごかれる『前』の快感と、揺すりあげられる『後ろ』の快感が混じり合い、佐和紀はたまらずに身を揉んだ。周平の首にしがみつくと、耳を淡く噛まれ、痺れが背筋を駆けあがる。

「ひ、ぁっ……う、ぅん……っ」

熱がほとばしって、ゆっくりと最後までしぼり取られる。荒くなった息を整える佐和紀の背中を、周平の大きな手のひらが撫でた。

「佐和紀、今度は俺の番だ。このまま、ゆっくり動いて」

ささやきに逆らえない。鼻をスンスン鳴らしながら、佐和紀は下腹部に力を入れた。腰を揺らしながら動かすと、中の熱がさらに膨張する。

「あっ……ん」

押し広げられ、声が漏れた。

「んっ」

両手で周平の頬を包み、キスをする。

「たまらない」

つぶやいた周平が前のめりに舌を絡めてきて、体勢が崩れた。腰と背中を抱かれて布団に転がる。そのまま激しく突きあげられた。

「すごい、絡みつき方、だな」

息を乱した周平が鎖骨に吸いついてきて、佐和紀は身をよじる。

「やっ……よく、なっちゃ……」

「なれよ」

指が肌を這い回り、胸の突起を爪《つめ》でなぶった。指でいじられ、止めようと掴んだ手の力が抜ける。

「周平っ……」

「悪い……今日は、もう……」

「いいから……っ。いって……。でもっ、乳首、やだ……っ」

そう訴えたが、なかったことにされる。指にこね回され、痛みのせいではない涙が浮かんだ。

せつなさで震えた腰を抱き寄せられ、佐和紀は周平の激しさを全身で受け止めた。

＊＊＊

事務所に入るなり、若い構成員から石垣さんが探してましたよと言われ、岡村は気が重くなる。

石垣が好きか嫌いかという話じゃない。石垣だけじゃなく、三井もそうだ。あのふたりが自分を探しているときは、だいたい電話では相談しにくい問題が生じている。

それでもしかたなくフロアを見渡すと、トイレに続く廊下から石垣が顔を見せた。

「ちょっと、ちょっと」

と呼びつけられ、外付けの非常階段まで連れていかれる。

「俺のこと、探してたって？」

「そんなあからさまに嫌そうな顔をしないでくださいよ」

「今度はなにがあった」

肩で息をつくと、石垣の顔が不機嫌そうに歪む。

「べつにトラブルじゃないのに……。っていうか、そういう感じだと見せたくない」

「なにが？」

どこか子どもっぽい石垣の態度を笑うと、さらに睨まれた。

それでも話を切りあげるつもりはないらしい。スマートフォンをささっと操作して画面を出した。

「これ、誰だと思います」

「うん？」

画面いっぱいに、女が映っていた。クラシカルなドレスは総レースで、下地の肌色が透けてセクシーだ。

「悪くないな」

スレンダーな分、胸はなさそうだが、赤いくちびると鋭い目つきが豪奢《ごうしゃ》で、ハンサムな美女だ。

「まぁ、そうですよね」

自信満々な石垣が画面に触れ、顔の部分をアップにした。

「わかりますよね」

「これ……」

思わずスマートフォンを奪い取る。濃い化粧とつけまつ毛に騙《だま》されるが、その顔は佐和紀だ。

「悠護さんがデータを送ってくれたんですよね」

「おまえ、なにやってんだ」

「まぁまぁ。だから、シンさんにも『おすそわけ』とか思って。携帯に送りましょうか」

「……」

「いいですよ、答えなくて。送っておきますから。まだ何枚かあって……」

「これ、どこから流出したんだ。アニキは知ってるのか」

「あぁ、それは大丈夫です」

石垣はあっさり言って、次の一枚を見せてくる。

「持ってきたのはアニキだし、悠護さんが全部もらったんですよ」

「はぁ？」

「佐和紀さんは不機嫌でしたけど」

「いつの写真……」

「三、四年前じゃないですか」

佐和紀が無邪気に笑い転げている一枚を、ふたりで覗き込み、どちらからともなくため息をつく。

「なんにも知らなそうな顔してますよね」

石垣が口を開き、岡村はその足を軽く蹴りつけた。

「わかってますよ。それでも、苦労滲んでる感じは隠せてないし」

眉をひそめた石垣が肩をすくめる。

長屋で暮らしていた頃の佐和紀は、いつも金の工面に頭を悩ましていたと聞く。写真の中では笑っているが、一瞬のことだろう。そのあとがどうだったかを想像するのはせつない。

それでも、あけっぴろげな笑顔は明るくて、いまの無邪気さにも繋《つな》がっている。

「アニキはどこから持ってきたんだ。全部隠し撮りか……。まさか、ストーカーとか」

岡村はいぶかしげに首を傾げた。石垣は肩をすくめ、

「ストーカーか……。まぁ、そう思われてもしかたない枚数だったなぁ。シンさんも知ってる人ですよ」

なにげなく言いながら、写真の転送を始め、岡村のスマートフォンがポケットの中で揺れた。

「知ってる、って……」

口の中で繰り返してピンと来た。思いつくのはひとりだけだ。

「シンさん。怖い顔になってますよ」

「あいつか」

「アニキが存分にいたぶってましたから」

「けどなぁ」

「……佐和紀さんは根に持ってないんですよ。前の一件で気が済んだところもあるんじゃ

ないんですか」

美人局の上前をはねていたと知った岡村が、ツレでもある田辺に相当分の金を用意させ、佐和紀に対して詫《わ》びを入れさせた件だ。

「甘いだろ。こんな写真撮られて」

あれとこれとは話が違う。そう言外に答えると、石垣が眉をひそめた。

「……こういうとき、シンさんってアニキそっくりですよね。陰湿なんだよなぁ」

軽い口調で言われ、石垣を睨んだが、その通りだ。

「ね。ほっといた方がいいですよ。佐和紀さんの信頼に足るかどうか、そこはシンさん、これからもよく見ておいてくださいよ。あの人、シンパの釣りあげ方が半端ないから……」

「行くんだな」

「まぁ、決まりですね」

うつむいた石垣が階段を靴先で軽く蹴りつける。

「早くて一年後だって話ですよ。決まったら、送別会やってください」

「当たり前だろ。タモツ……」

「海の向こうにいても、仲間ですよね」

強いまなざしで見あげられ、岡村は一瞬たじろいだ。出会った頃の負けん気がそこにあって、元々こういう男なのだと思う。

なにかに挑み、学び続ける。あの頃の石垣は、その延長線上でドラッグを作り、前科を背負ったのだ。不良だったわけでもないのに、世を拗ねて、ただずっと、目的を選べないで来た。

「あの人は、そんな冷たい人じゃない」

岡村はそう答えた。

ふたりにとっての『あの人』は、周平のことじゃない。その真横で、すっきりとした和服の衿に指をかけ、油断のならない目をして笑っているきれいな男のことだ。

「俺、頑張ってきます」

強い口調で言った石垣がどこか眩《まぶ》しくて、岡村はその背中へ強く手のひらをぶつけた。

「痛いよ……、シンさん」

顔をしかめた石垣が目をそらす。岡村は煙草を出して火をつけた。勧めると、石垣も手に取る。

初夏の風が日陰を涼しく吹き抜け、フロアに続く扉が開いた。

「あー、ふたりだけで、いやらしい」

顔を見せたロン毛の男がいつもの調子でおどける。

「バカか」

三井に向かって笑った石垣は、一瞬だけ見せた憂いを見事に消し去った。
それが彼の覚悟の大きさだと、岡村は心の中でだけ考えていた。

スターダスト・クローム

手元の文庫本に、しおりを挟んで閉じる。

アウトドア用のローチェアにもたれた佐和紀は、タープの下の日陰で目を細めた。今年最後になるだろう浴衣の衿を、指先でそっと直す。

九月最後の週末だが、てっぺんをやや過ぎた日差しは真夏のように眩しい。気温も高く、汗ばむ陽気だ。目の前に流れる川は涼しげに見え、なにもかもが牧歌的だった。

ひとつ。川向こうの岩場から響く、野太い歓声を除けば……。

飛び込みをしているのは、二十代前半の男たちだ。川で泳ぐ子どもたちを横目に、水着姿でふざけあっている。

いかにもガテン系な六人の集団のうち、半分はおしゃれタトゥーが入っている。別のひとりは背中一面の入れ墨途中で、線だけが入った『筋彫り』の状態だ。暑い夏が終わるのを待ち、来月から色を入れていくのだと息まいていた。

全員、三井の地元の後輩だ。

「佐和紀。腹、足りてる？　ビールは？」

足だけ水につけていた三井が満面の笑みで戻ってくる。川のこちらから指図を出し、次々と後輩に飛び込ませていた張本人だ。

「んー、足りてる」

佐和紀が答えると、アイスボックスの中から缶ビールを取り出してきた三井が、手近なチェアを移動させて隣に座った。川の近くは大きな丸石が敷き詰められているが、陣取ったあたりは砂地だ。川は山間を流れている。

休日なので家族連れも多いが、おしゃれタトゥーや本物の入れ墨にも動じる様子はない。よく見れば父親はいかつく、母親と子どもたちも茶髪だったり、モヒカンだったりする家族ばかりだ。お互い様の感性だろう。

場所も山の中にあり、都心からわざわざ出かけてくるスポットでもない。

三井の後輩たちが行うバーベキューに、佐和紀が初めて参加したのは今年の夏だ。暇だから若いヤツらに混じりたいとゴネて、嫌がる三井についてきた。ヤクザであることも、若頭補佐の嫁であることも伏せている。

毎回、和服で現れる佐和紀を、三井は『預かり物』だと表現した。なにを察したのかは不明だが、後輩たちからは当たり障りのない対応をされている。要するに、お客様扱いで、ちょうどいい距離感だ。佐和紀は話に入りもせず、日陰でビールを飲みながら巷《ちまた》の若者たちの騒ぎっぷりを眺めている。
十八、九でこおろぎ組に拾われた佐和紀は、同年代の仲間を持ったことがない。年長者ばかりに囲まれてきたので、ヤクザでもチンピラでもない『ヤンチャ』な彼らの行動は新鮮で興味深い。
「なぁ、タカシ。あの『入れ墨』って、声がかかってるってことだよな？」

岩場に立っている男の背中を見たのは、今日が初めてだ。過去の二回はシャツを着ていた。

「うちじゃないけどね」

ビールをグビッと飲んで答えた三井の声は苦々しい。

「だろうなぁ」

佐和紀も眉をひそめた。

いまどきの暴力団が入れ墨完成まで金銭援助をするとは思えない。だいたいは、筋彫りの途中までだ。あとは本人持ちが多いと聞く。

「部屋住み入る前に背負ってたら、即アウト」

と、三井が言った。

大滝組直系本家の盃を受けるのは簡単なことじゃない。まずは誰かの舎弟となり、部屋住みと呼ばれる雑用係をこなした上で、実質の姐さんである京子に認められる必要がある。

もちろん大滝組長がハジくこともあるだろうが、日々の行いを指導している京子の厳しさにはかなわない。

佐和紀が周平の嫁になってから、盃の拝受まで行った部屋住みは数人。あとは足を洗ってカタギに戻った。

「……けど、気が早くない？」

三井の缶ビールを取ろうと手を伸ばしたが、嫌がられる。立ちあがった三井は、新しい缶を持ってきた。器用に片手でプルトップを押しあげてから渡される。

「だからさぁ……」

三井はあらためて顔をしかめた。イスに座り、行儀悪く腰を前にずらして沈んだ。

「俺に、なんの相談もなかったから、あいつ、シメてさ。メンツがあるだろって説教して……」

「呼べよ。そういうとき」

「楽しそうって顔、すんなよ。なにも楽しくねぇし。組の仕事とは違って、落としどころがねぇから……、縁切るぞ、ってとこまで行って」

「切ってないじゃん」

「うっせぇよ」

威嚇《いかく》するように歯を剝《む》き出しにされ、佐和紀は笑いながらビールを飲む。

三井はそういう男だ。裏切りだと憤慨しても、簡単には縁を切れない。

「で、結局は、菓子折持って挨拶に行ってやったわけ？」

「しかたねぇから」

「そういうときって、あいつの名前出すの？」

佐和紀の旦那であり、三井の兄貴分でもある岩下周平は大滝組若頭補佐だ。

「あんたはすぐに出すもんな！」

ケラケラッと笑われる。

「他にないもん。看板が」

「あるだろ。こおろぎ組って大看板が」

「ぶっ殺す……」

「目がマジだ。こえぇ……」

ふざけた三井は、わざとおおげさに怖がる。佐和紀の古巣は小さな組だ。看板はもちろん小さく、吹けば飛ぶほど軽い。近頃は本業の工事派遣業がうまく回っていて、裏と表をきっちり分け始めたという話だ。

「アニキの名前を出すことはないけど、所属を言えば照会するだろ？　効きすぎちゃったかもなぁ」

三井は苦い表情で唸《うな》った。『大滝組直系本家の構成員』という看板は、めったに切れないカードだ。効き目が強すぎて、使いどころが難しい。

とはいえ、岩下の直舎弟という立場もなかなか豪快だ。今回の件なら、二次組織の幹部舎弟ぐらいがちょうどいい。つまり、三井がわざわざ出ていってはいけない話だ。

佐和紀と違い、三井はそのあたりを理解している。それでも挨拶に行ったのなら、相手の組織が信用ならないということだ。

「まぁ、入れ墨を完成させる金の半分は持つって言ってた。けどなぁ……」

「おまえに憧れて突っ走ったクチなんじゃねぇの？」

「……だってさ、直系本家の盃は無理だろ」

同じ所属になりたいと頼まれて、すげなく断った経緯があるらしい。簡単に察しがつく。ヤクザとしては超エリートコースに乗っている三井だ。金払いもいいし、頼りがいもある。地元の不良たちからしてみれば、とんでもなく成功しているように見えるのかも知れない。

「じゃあ、おまえの舎弟にするとか？」

「アニキに小遣いもらってんだぞ。勝手にできるか、そんなこと」

「……うまくいきそうにない感じ？」

佐和紀が聞くと、三井は素直にため息をついた。

「たぶん、墨が入ったら、出される」

要するに、入れ墨の完成までは面倒を見るが、あとは大滝組との繋がりが面倒なので縁を切ると言うことだろう。となると、入れ墨を背負っている分だけ、居場所がなくなってしまう。おしゃれタトゥーなら目こぼししてくれるガテン系の仕事もあるが、和彫りとなると難しい。

暴力団排除条例の煽《あお》りを食らい、道を踏み外した人間の居場所は、大きい小さいにかかわらず失われていく一方だ。ヤクザだろうがチンピラだろうが、働く人間はよく働くもので、怠惰な人間はカタギでも使いものにはならない。『虫けらにも害虫と益虫の違いがある』と、こおろぎ組の構成員が怒っていたのを、佐和紀は漫然と思い出す。

「筋彫りでやめさせとけば？　本人にとったら半端はつらいだろうけど、色が入ったら引けないいだろ。金を作ってる間に、ドツボにはまりそう」

「だーよーなー」

タープの裏側を仰ぎ見た三井はぐったりと肩を落とす。彼のことが心配で、夏からこっち、足繁《あししげ》くバーベキューに通っていたのだろう。

三井は急にハッと息を吸い込んだ。いきなり、佐和紀の肩を摑む。

「ちょっ……。頼むから、勝手にアニキに相談するなよ」

「話が早いのに」

「早すぎんだろ！　俺の後輩のことで、迷惑かけらんないから、やめろ。いままでも、絶対にやってないんだから」

「あっそー。だめー？　じゃあ、岡崎にしとく？」

「もっと上じゃねぇか！」

叫んだ三井が、前のめりになる。

岡崎は大滝組若頭だ。周平の兄貴分で、大滝組全体を見ても、組長の次に偉い。佐和紀にとっては古巣のこおろぎ組での縁があり、かつては兄貴分として慕っていた相手だ。

「じゃあ、俺の将棋友達の、まも……」

「もう、黙ってろ。それは、俺んとこの組長《オヤジ》だ」

三井はぐったりと肩を落としたまま、へらへらっと笑う。

「よくもまー、次々とタラしこんでるよな。アニキ、必要なくない？」

「それ言うと、周平の機嫌が悪くなるかも」

「絶対に言わないから、大丈夫」

三井もよくよくわかっている。周平が佐和紀の付き合いに口を出さないのは、大人の男であろうとする周平の瘦《や》せ我慢だ。

そこが痺れるほどにカッコいいと、佐和紀だけじゃなく、三井も骨身に染みて実感している。

「おまえも、わかってるなら、ほどほどにしとけよ」

三井から軽く睨まれる。佐和紀は小首を傾げてみせた。

「俺だって、嫁に来たときに比べたら大人になった。分別？　ついたような気がする」

「それ、いいことなんだろうな？　どっちにしたってこわいから、嫌なんだよなぁ」

ぼやくように言った三井の視線が、川向こうの岩場を眺めた。

「やっぱり、完成させない方がいいか……」

とはいえ、ヤクザと付き合い始めて調子に乗っている若い男の耳に、説得が届くとは思えない。

佐和紀はすっくと立ちあがり、缶ビールを片手に焼き場へ足を向けた。女の子三人の輪の中にするりと入り込む。

「ちょっと、聞いてもいい？」

柔らかな声で尋ねると、三人はバチッとフリーズした。

「あー、怖がらせんなよ」

三井が追って輪に入る。女の子たちはみんな二十歳《はたち》前後だ。髪をキンキンに脱色して、ほぼすっぴんだが、エクステを付けたまつ毛だけがグンと長い。

三人のうち、ふたりは彼氏持ちで、一番若い十八歳の子だけがフリーだ。名前はサキ。

三井がなにかと気にかけているので、佐和紀も名前を覚えた。

幼さの中にふと見せる寂しげな横顔が色っぽいタイプだ。いろいろなところからアプローチを受けてはいるが、まだ相手を絞り切れていないらしい。女の子たちの声はよく通るので、ふとした瞬間に噂話《うわさ》が漏れ聞こえてくるのだ。

「あの背中の入れ墨、なんで入れてるか、聞いてない？　ちょっと、三井さんはあっち行ってて」

三井を輪の中から押し出した。先輩がいたのでは、聞ける話も聞けなくなってしまう。

「箔《はく》がつく、ってだけで入れないと思うんだよね」

しぶしぶ距離を取る三井を横目に、佐和紀は繰り返す。

「噂ぐらい聞いてない？」

「あ、それ……」

彼氏持ちのひとりが、サキをチラリと見た。佐和紀はすかさず促す。すると、

「サキに言い寄ってる男がいて、うちとは仲良くないグループなんですけど……。その人も、ねぇ……？」

隣に立つ、もうひとりの女の子を肘《ひじ》でつついた。女の子はこくこくとうなずいて言う。

「べつに、サキは入れ墨が好きとも言ってないのに、意地の張り合いみたいになってるらしくって……。でも、三井さんへの当てつけみたいなのも、あるかも……」

大滝組への斡旋を断られたからだろう。

「サキちゃんは、そのどっちも選ぶつもりはないんだよね？」

佐和紀が確認すると、

「……わたし、入れ墨はちょっと……」

サキは、ちらっと三井へ視線を向けた。

それはそれで、本職のヤクザだから鬼門だと佐和紀は思ったが、憧れは止められるものじゃない。佐和紀から見れば長髪のチンピラでしかない三井も、少女からすればキラキラ輝くアウトローに見える。

騙してもてあそぶのか。それとも、同世代の子たちと恋愛させるのか。そこは、三井次第だ。

「なるほど、男どもの暴走ってわけだ。わかった。サキちゃん、三井の連絡先は知ってんの？　困ったことがあったら、直接話した方が早いから」

佐和紀が呼び戻すと、イスに座っていた三井が近づいてくる。

「おまえ、サキちゃんの連絡先、知ってる？」

「え？」

出し抜けに言われて目が点になったが、佐和紀の突拍子のなさには慣れている。

「あぁ、入ってるとは思うけど。どうした？」

三井はサキに問いかけたが、答えたのは佐和紀だ。

「あの入れ墨、女絡みの意地の張り合いだから」

「あぁ？　マジで……？　バカか。ん？　張り合ってる相手は、どこのヤツだ」

「そのあたり、おまえが聞いて」

　佐和紀にはわからない話だ。少なくなった缶の中身を飲み干して、佐和紀はイスに戻る途中でクーラーボックスのフタを開けた。


「女のために墨入れるって、意味がさー……」

　そこまで言って、佐和紀は言葉を切った。

　組屋敷の離れの縁側。日がとっぷりと暮れてから帰ってきた周平との間には、部屋住みが運んできた日本酒のセットが置いてある。つまみは枝豆と大分県土産《みやげ》の地鶏味噌《みそ》だ。

　ちらりと周平を見る。揃いで作った、柄違いの会津木綿を着流しで着ている。洗い髪の周平は、少しだけ若く見えたが、凛々《りり》しさは普段と変わらない。その着物の内側には、見事な唐獅子牡丹《からじしぼたん》が彫り込まれている。

　好きで入れたわけじゃない。原因は『女』だ。失言だったと思った佐和紀は、「ごめん」のあとに続く言い訳の言葉を探す。

　でも、すぐに、黙った理由さえ忘れてしまった。周平の男ぶりが、あまりにも瑞々《みずみず》しいからだ。

「あんまり見つめるな。欲情しそうだ」

「俺は、してた」

ぼそりと答えた本音を、周平はさらりと聞き流す。ふっとゆるめた口元が嬉しげだ。なおも見つめていると、ふたりの間に置いた盆を周平が動かした。

反対側に置き、佐和紀を呼ぶ。素直に近づくと、肩に腕が回った。頬を寄せるだけでは足りず、佐和紀はくるりと身体を動かして、周平の膝の上に両足を乗せた。

「ごめん。気がきかなくて」

「女のために入れた墨じゃない。……女のために背負わされたとは言えるけど、それは気にしなくていい。終わったことだ」

「でも、なんか」

言いながら、佐和紀は指先で衿を引く。ちらりと覗く極彩色は艶《つや》めいている。周平だからこそ、いっそう色っぽい。

この男の肌に絵を刻めば震えが来るほど退廃的だと、気づいてしまった女が憎らしい。それとも、刻まれたあとで、周平は変わったのだろうか。

それならいいのにと思いながら、佐和紀は指先を忍ばせる。すると、周平の指も佐和紀の裾へ忍び入った。肌をかすめたのは、ほのかな人肌の感触だ。ぞくっと背筋が震え、佐和紀は顔を上げた。キスを待つ。

「話が途中じゃないのか？」

「うん、わかってるけど……」

くちびるがそっと押し当たり、舌がぬるっと触れ合う。お互いがお互いの舌をほんの少しだけ吸って、静かに顔を離した。

つい、この前。佐和紀は船上パーティーでのいざこざに巻き込まれ、拉致《らち》された。催眠術をかけられ、あやうく、なにもかもを忘れてしまうところだった。それを、被害者である佐和紀は覚えていない。催眠術にかかっていた間の記憶が抜け落ちているせいだ。

気がついたときには、周平から濃厚なキスを仕掛けられていた。そして腰砕けになった挙句、海沿いのヴィラに連れていかれ、二日間居続けのセックス三昧《ざんまい》を味わい尽くした。

下着も着けないで過ごし、周平のしたいときに応え、佐和紀のしたいときに付き合わせる。そんな贅沢《ぜいたく》な時間は、怠惰で淫靡《いんび》で、癖になりそうに心地よかった。その余韻が脳裏に残っていて、甘い快感の名残も抜けきらない。

「三井が気にかけている後輩なら、救いようはあるだろう。いよいよダメになれば、豊平《とよひら》に声をかけてみるといい」

思いもしない名前を出され、佐和紀は目を丸くした。豊平は、こおろぎ組の幹部だ。佐和紀の結婚と引き換えに、大滝組から古巣へ戻った構成員のうちのひとりでもある。

「豊平のコネなら、引き受けてくれる会社があるだろう」

「あぁ、なるほど」

豊平はこおろぎ組が運営する工事派遣業の要だ。いろいろとツテもあるだろうから、入れ墨があっても受け入れてくれる就職先を探してもらえるはずだ。

「でもさぁ、少しでも早めに抜けさせた方がいいと思わない？」

入れ墨が完成するまでの間に、どっぷりヤクザ社会に馴染《なじ》んでしまうかも知れない。関係している組から放り出されたあと、事情を知らない別のヤクザに声をかけられる可能性もある。

「そこはタカシに判断させろ。本人の性格もよくわかってる」

「俺はさ、その、サキって子に男ができれば目が覚めると思うんだけど。タカシが付き合うとか……」

三井へ向けられたサキの瞳《ひとみ》を思い出す。そこには、憧れ以上のものがあった。

「もう、手を出してたりして……」

言ってはみたものの、いままで参加していた女の子たちの誰とも、三井は必要以上に仲良くしていない。サキを自分のオンナにするなんて、ありえない話だ。

男たちをひっくるめて、弟や妹のように扱っている。

その中でも、特にサキを心配しているのは、幼さを心配しているからだ。三井が本気になることは考えられない。

「なんか、寂しそうなところが放っておけないんだってさ。顔はかわいいんだよ。タカシが相手にするには、子どもっぽいけど」

「興味ないだろ、あいつは」

周平はひそやかに笑う。指先は絶えず佐和紀の膝下を撫でている。性的な仕草ではない分、心がうっとりとしてしまう優しさだ。

「きれい系が好きだから？」

肩にもたれて聞く。周平が笑うたびに、振動が伝わってくる。

「妹みたいに思ってるだけだろう。寂しい人間を放っておけない性分なんだ」

「そこが、周平の気に入ってるところ？」

「おまえはどうだ」

質問に質問で返されたが、佐和紀は真剣に考えた。

「そうだな。あいつのいいところだと思うけど、ただちょっと、危ないね」

距離感の問題だ。大滝組界隈《かいわい》に居るときは若手ヤクザであり下っ端だが、地元ではヒーロー扱いされている。そのことを本人は自覚していない。ごく普通の、不良集団の兄貴でいるつもりなのだ。

「その入れ墨の男も、タカシも、自分で気づく必要がある。真実を突きつけても、理解が追いつかないうちは受け入れない。そういうものだ。……そのくせ、自力で見つけたと思って偉そうだから、腹が立つ」

「タカシのこと？」

「……シンか、タモツ」

答えた周平はふっと笑う。その表情に、まだ肩書きがつく前の周平が垣間見《かいまみ》えた。彼らの兄貴分として、愛の鞭《むち》を容赦なく存分に振るっていた頃だ。厳しさの中にあったものが本当の愛情だったのか。憂さ晴らしでなかったのか。限りなくグレーだ。周平には、そういうあくどさがある。

「俺もいつかは、イラつかせるのかも」

言いながら、衿の合わせに手を差し込む。肌のぬくもりを撫でさすり、

「おまえは、俺の行く先をわかってる？」

寄り添って尋ねる。周平は柔らかく微笑《ほほえ》んだ。そして答える。

「ずっと、俺の奥さんだ」

甘い言葉をささやかれ、佐和紀はぞくりと震えた。指先で周平の胸をたどる。なにげなく触れようとした指が、乳首を見つけ出す前に押さえられた。

「ちょっとだけ」

かわいげを装っても、手はあっけなく引き抜かれる。

「くすぐったいところは性感帯なんだって、俺の旦那が言ってたけど……」

「誰だ、それは。悪い男だな」

頬を手のひらで包まれて、鼻先にキスされる。

「おまえだよ、おまえ」

佐和紀は口汚く言いながら、周平の顔に額をこすりつけた。ぐっと睨み据える。

「周平。酒がもったいないから、全部、飲んでから……」

胸はもう狙わない。衿をたどって、首筋を引き寄せる。

酒を飲んでから、なにをするのか。佐和紀は口にしなかった。見つめるだけでも心が通じて、周平は酒を口に含んだ。以心伝心。ゆっくりと重ねたくちびるの隙間から溢れる酒を、佐和紀は舌先で味わう。

「ん……っ。ん……」

芳醇《ほうじゅん》な香りの甘い酒だ。舌を絡め、たっぷりと味わってから離れる。周平はまた、猪《ちょ》口《こ》をつまみ、口元へ運んだ。

＊＊＊

店内に流れるのは、懐かしの歌謡曲。ブースごとに区切られたソファ席のテーブルには、真緑のソーダ水が並んでいる。それぞれに、バニラアイスとシロップ漬けの赤いさくらんぼが乗っていた。

「俺が頼むときは、別のモノにしろよ……」

柄の長いスプーンを手にした三井が眉をひそめる。

「いや、気を使うのは俺じゃないだろ」

佐和紀は笑い飛ばした。炭酸の泡が弾《はじ》けるクリームソーダにストローを刺す。

男ふたりが向かい合わせでそれぞれに飲むクリームソーダは、かなりシュールな絵だが、佐和紀が着物姿なのですべてはうやむやだ。若者向けのオシャレな禁煙カフェではなく、年季の入った全席喫煙席の喫茶店なので、まわりを気にする客もいない。

外回りの営業職や、スポーツ新聞を読みふける年寄りが席を埋めている。目が合うと会釈をする程度の顔見知りもいたが、声をかけられることはなかった。

常連客なら、ヤクザが出入りする店だということを知っている。

「このあと、どうする？　今日は、仕事もないし。映画とか、買い物？」

アイスを食べながら、三井が気楽に言う。仕事というのは、みかじめ料の回収だ。佐和紀もついて回っているのだが、今日のノルマは終わっていた。

自由時間の過ごし方に対する『お伺い』を立てているようでいて、いい加減だ。気が乗らないことは平気で断られる。

世話係というより、ごくごく普通に友人レベルだ。

「そのあとはキャバ、行く？」

さりげなさを装い、今日も自分の希望を押し込んできた。佐和紀を連れていれば、周平の財布から金が出せる。

周平に聞かれても「飲みに行きました」と、スレスレの返答で切り抜けている。もちろん、周平は真実に気づいていた。おそらく三井も、気づかれていないとは思っていないだろう。その上で、あえて答えをごまかしている。

誰に対する気遣いなのか、佐和紀にはまったくもってわからない。

「ピンサロ」

佐和紀が切り込むように言うと、三井はガバッと顔を上げた。頬がヒクヒクと引きつった。

「あっはっはー。冗談ばっかー。……それは、ダメ」

明るく言ったあとで、身を乗り出して声をひそめる。

「フーゾクはヤバイから。ソープのとき、ほんと、大変だったし」

結婚した当初、周平が仕込んだ女に会ってみたいと頼み、三井に連れていってもらったことがある。ほんのさわりだけしてもらって、本格的なプレイは辞退した。だが、佐和紀を連れていったことがバレた三井はいたぶられた。周平ではなく、岡村と石垣からだ。

「ピンサロとか、なんにも楽しくないから。どうせ、おまえは人生相談されるだろ。金払うだけ損だ」

アイスクリームを突つき回した三井が笑う。

「それな」

佐和紀も伏せ目がちに笑った。社会勉強と称して『セクキャバ』や『おっぱいパブ』には連れていかれるのだが、この頃は特に、少し真剣な相談ごとを持ちかけられることが増えた。

「着物のせいかな」

チェック柄の木綿着物の袖をつまんで佐和紀は首を傾げた。三井が反対側に首を傾げる。

「いやー。顔じゃねぇ？」

「変わった？」

「落ち着きっていうか、近づきがたいっていうか……。口を開けなかったら、チンピラじゃない感じはする」

「美人に磨きがかかったわけだ」

ふふんと笑って、眼鏡の蔓《つる》を持ちあげた。位置を直して視線を向けると、三井はむっすりと不機嫌に頰を膨らませた。まるで幼稚だが、三井もまた、出会ったときよりは落ち着いて見える。

「俺に聞くなよ、俺に」

と言いながら、軽いため息をついてソーダを飲む。佐和紀はさりげなく、店内を眺めた。

斜め向かいに座るサラリーマンと目が合い、眼鏡越しに三秒ほど見つめる。

「ちょい、待ち。粉をかけんな」

三井の手のひらがすかさず伸びて、相手への視線を遮断する。

「やめろよ。ややこしくなるだろ。そうでなくても、おまえ目当てに通ってるヤツがいるって噂なのに」

サラリーマンに向かって「この人、目が悪いので。すみません」などと愛想よく謝り、三井はじっとりと佐和紀を睨んだ。

「へー、マジで。っていうか、男にはモテたくない」

なのに、年々、女にモテなくなっていく気がする。若い頃はまだ、年上の女性にモテた。京子が好んで連れ回したように、マスコット感覚のモテ方だったが、男女の関係になろうと迫られたことも何度かあった。結婚してからは、当たり前だが、まるでない。

「おまえに惚《ほ》れる女は、アイドルの追っかけみたいなもんだろ。あきらめろ。もうちょっと極めたら、信者が集まるかも知れない……」

「信者が欲しいわけじゃない」

「人生相談されてるじゃん。教祖さま」

「うっせぇよ」

テーブルの下で足を蹴ると、三井はテーブルに突っ伏して悶絶《もんぜつ》する。唸り声に合わせて、テーブルに置いた携帯電話が震え出す。

「おまえ、下駄のときはヤメろって言っただろ。痛ぇ……。もー」

ブツブツ言いながら、携帯電話を引き寄せる。

「地元の後輩」

電話に出ていいかと視線で問われ、佐和紀も視線で促した。いちいち確認を取るのは、習性だろう。相手が佐和紀でなければ、もっと丁寧な話し方をする。大滝組直系本家の部屋住み経験者だ。礼儀作法は一通り叩き込まれている。

いつもの調子で明るく電話に出た三井だったが、その表情も声も、見る見る間に沈んでいき、最後には目つきが鋭くなった。問題が発生したことは間違いない。

「わかった、わかったから。落ち着け。場所をメールしてくれ。いいか、落ち着けよ。すぐに行くから」

そう言って電話を切った三井は、ぐったりとテーブルに伏せった。佐和紀が声をかけるより先に、ガバッと起きあがる。クリームソーダのグラスを鷲掴《わしづか》みに引き寄せると、中身を一気に飲み切った。

「悪いけど、事務所から送らせる」

「相手、誰？」

佐和紀が携帯電話を指差すと、三井の顔はあからさまに歪んだ。

「聞くな、っつーの」

メールが届いたのか、携帯電話が震える。三井は中身を確認してから、佐和紀を見た。

「電話かけてきていい？」

「ここでかければ？」

「事情は話すから……」

よほど焦っているらしく、身体がそわそわと落ち着かなくなる。佐和紀があごをそらして促すと、パッと立ちあがって外へ出ていった。窓越しに見えるところで電話をかけ始める。

そして、五分もかからず戻ってくると、伝票を確認して代金をテーブルに置いた。ウェイトレスに声をかけ、佐和紀を急かした。

「俺は事務所で、車を借りていくから。おまえは部屋住みに送ってもらってくれ」

外に出るなり、三井は早口にまくし立てた。

喫茶店から大滝組の事務所までは歩いて十分ほどの距離だ。

「事情、話すって言っただろ」

小走りになりそうな三井を追いかけ、佐和紀は腕を引いた。足を止めずに、歩き続ける。顔を覗き込むと、三井はほんのわずかに青ざめて見えた。

相手は『地元の後輩』だ。誰かが事故に遭ったか、それともケンカで派手にケガをしたのか。佐和紀は考えを巡らせながら、なおも三井の顔を覗き込んだ。しかたなさそうに、三井は口を開いた。

「……電話は、バーベキューにも来てた女の子だ。男どもの小競り合いに巻き込まれて、サキが拉致られたらしい。ケイタも一緒……、あの入れ墨の」

「あぁ、なるほど」

と、佐和紀は相槌《あいづち》を打った。早足で歩いているから、三井の顔は紅潮している。青ざめて見えたのが嘘のようだ。

バーベキューをしたのは、十日ほど前のことだった。筋彫りまで終えた後輩のそのあとについて、佐和紀から聞くことはなかったが、三井も知らないところでいざこざが起こっていたのだ。

「俺も行く」

佐和紀は胸を張る。

「人数集めるっていっても、組の連中は無理だろ」

「……地元のツレに声かけたから……っていうか、俺が『うん』って言うとでも、思ってんの？　連れていくわけないだろ」

「なんでだよ。あいつらレベルのチンピラなら……」

「黙ってろよ。相手の人数もわからないのに、連れていけるか。……わかってても、連れ

ていかない。ほんと、『立場』をさ、理解してんの？　それに、おまえはさー……、つい
この前だろうが」

三井の言おうとしていることはわかっている。

船上パーティーで拉致された件だ。

「アニキの『気にしてない』なんて、百パー、嘘だから。俺たち相手ならありえるけど、
おまえの場合はありえない。それなのに、俺が殴り込みに駆り出したなんて思われたらさ。

考えるだけでたまんないから、あきらめろ」

「……それこそ、百パー、俺が無理やりついていったってわかるだろ」

「わかったからって、おまえのことは責めないだろ。そんなとこまで責任取りたくない。

とにかく、邪魔だから、来るな」

はっきり言われて、カチンと来た。

来るなと言われたことよりも、責任を押しつけられたくないという本音の方がひっかか
かる。

「おまえは、自分のしたいようにするだけだからいいけど、俺もアニキも、シンさんだっ
てさ、振り回される方は……」

振り向いた三井が、ウッと息を詰まらせた。

目を据わらせた佐和紀は、三井の腕を撫でおろす。そっと指を絡める優しい仕草から、

一気に小指をひねった。

「社会見学させてくれ、って言ってるだけだろ？　手は出さない。約束する」

「そんなこと言って、ってて、いててて。折れる、折れる」

「おまえを病院へ送ってから、俺が解決してきてもいいんだよ」

「ぜんぜんっ、冗談に聞こえない！」

叫んだ三井が身をよじらせる。うっかり動けば折れてしまうのにウカツだ。佐和紀はふっと力を抜いた。飛んで逃げた三井が恨めしげな顔になる。

「もしものときは、おまえが飛び込むより役に立つ。知ってんだろ、三井さん」

わざとらしく小首を傾げてみせたが、三井は舌打ちしながら地団駄を踏む。

「うっれしそうに……っ。絶対ダメ！」

ピシャリと却下された。


「ケイタも一緒に連れていかれて……」

郊外にあるコンビニ駐車場で、三井の後輩のひとりが、怒りで顔を真っ赤にして言った。

「相手はバックにヤクザがついてんのか」

三井に聞かれて、他のふたりが顔を見合わせる。

仲間をぎっしり乗せた軽ワゴンが二台と、三井が乗ってきたセダンが一台。車の間で話を聞く。

三井の後輩は三人が外に出ていた。対するのは三井ひとりだ。無理やりついてきた佐和紀は少し離れ、セダンの車体にもたれていた。車の中には、事務所に詰めていた構成員がふたり乗っている。どちらも三井の仲間だ。

「ヤクザが絡んだら、すぐに報告してこいって言っただろうが、よっ！」

三井に腰を蹴られ、後輩のひとりがよろめく。

「すみません……っ。ケイタが詳しいことを話してくれないし、三井さんに迷惑ばっかりかけられなくて」

「おまえらの恋愛相談に乗るよりは、こっちの方がよっぽど迷惑じゃない！　それで、ケイタと揉めたヤツは何者なんだよ」

「同じところの別のヤクザから誘われてるらしくて。なんていうか、三井さんに挨拶行ってもらって、急にケイタの扱いが良くなったって。それを妬《ねた》んでるみたいで」

「それで、サキを理由に、あいつをボコりたいってことか。……ガキか、おまえらは」

三井がコンクリートをゲシゲシと踏みつける。

まず間違いなくガキだと佐和紀は思った。二十歳前後の若者たちだ。大学進学できれば、四年間はバイトしながら遊んで暮らせる年頃だが、金銭的にも学力的にも進学がままならず、バイトと変わらない安い給与で働いている。夢と希望より、女と単車が、彼らの人生だ。運が悪ければ、単車は原付バイクになり、運が良ければ四輪の車になる。

「本当にすみません。ケイタとサキが連れていかれたところが、そのヤクザが絡んでるって噂の事務所で……。メールした住所です。土建屋なんですけど。……助けてください。お願いします」

三人は揃って頭を下げた。

「さっさと取り戻しに行けばいいのに」

佐和紀が言うと、三井が肩越しに睨んでくる。

「黙ってろって言っただろ。車に乗ってろよ」

「その事務所にカチコミかけて、回収すればいいんだろ？」

「おまえより、こいつらの方が利口なんだよ。ったく、これだから……」

「どれだから？」

混ぜ返した佐和紀を、三井はさらに睨みつけた。

「こいつらにも生活があるだろ。地元のヤクザ企業相手に暴れたら、明日からどこも雇ってくれなくなる」

「ヤクザが噛んでる会社は仕事がないって聞いたけど……」

「それは建前だよ、建前。おまえんとこもそうだろ」

「じゃあ、どうすんの？」

「のんきなことを聞くなよ。俺が行って、話をつけるしかないだろ。穏便に！」

三井はあからさまにイラついていた。

佐和紀とのやりとりのせいではなく、事件を解決する方法と責任の取り方を考えているからだ。大滝組の名前を出せばいいというものではない。

「おまえは上の方のやりとりしか知らないから……」

ため息をついた三井が、運手席をノックする。窓が開いて、大滝組の構成員が顔を出した。正確に言えば二次団体の所属だ。

「いまから回収に行く」

三井の言葉を聞くなり、眉をひそめた。

「組事務所へ圧力かけた方がいいんじゃねぇの？」

話は聞いていたのだろう。ハンドルの上部を手で撫でさすりながら、少し困った顔になる。三井は怯まなかった。

「それはあとでいい。若い女がひとり、持っていかれてる。男の方は自己責任でも、そっちはとばっちりだ」

仲間の肩を叩き、後輩たちを振り返った。

「おまえたちは解散。連絡するまで、絶対に余計なことをするな。家にいろ」

「でも、三井さん……」

「今日も、仕事を抜けてきたんだろ。こんなことばっかりやってると、結婚できねぇぞ。帰れ、帰れ」

そう言って後輩たちを散らし、佐和紀を後部座席へ押し込んだ。車はすぐに走り出す。

「石垣に連絡入れるから、目的地まで向かって」

助手席の三井が、運転席に向かって言う。佐和紀はこっそりと、隣に座っている構成員の服を引っ張った。ここに到着するまでずっとドギマギしていたくせに、まだ慣れずに飛びあがる。運転手の男とは別の二次団体から大滝組事務所に通っている構成員だ。年齢は二十代半ばに見える。名前は知らない。

「普通はどうすんの？」

佐和紀が聞くと、上半身が逃げていく。服をぐいっと引っ張って揺すると、相手は浅い息を繰り返した。

「ふ、ふつう、って……？」

「だから、女の子が連れていかれてなかったら、どうなってる？」

「……あ、あぁ……」

こくこくとうなずいた構成員は、服の袖を佐和紀の指から取り戻す。

「チンピラ同士のケンカでも、死ぬまで殴ることはまずないですから。翌日には、わかりやすいところに転がされます。田舎のヤンキーのケンカも似たようなもんですよ。今回は、ヤクザが絡んでるので、向こうはやり返されるとは思ってない感じで、女を連れていったのは理由付けじゃないですか」

「……女の取り合いだって聞いたけど」

「あぁ、そうなんですか。じゃあ、力ずくで自分のものにして……ってパターンですね」

「ライバルをボコボコにしたって、自分のモノにはならないだろ」

「意外に効き目ありますけど……」

視線がふっと窓の外へ逃げていく。触れられたくない悪事の数々があるのだ。

佐和紀も追及しない。

「まぁ、聞く話ではあるよな……」

男ながらにホステスをしていた頃も、こおろぎ組に入ったあとも、男女の馴れそめとしては珍しくなかった。抗《あらが》えなくてしかたなく関係を結び、そのままズルズルと続いてしまう。

淡い恋なんて思春期未満の絵空事だと本気で信じている女だっているのだ。

三井はサキのことを、そんな女にしたくないのだろう。助手席で電話している姿を少しだけ盗み見て、佐和紀は座席に背中を預けた。着物の衿を指先でそっと撫でおろす。

「あ、姐さんのこと言い忘れた……」

電話を切った三井が、肩越しに振り向き、ため息をつく。

「ま、いっか。たもっちゃん、飛んで来そうだもんな……」

そうなると、自分の頼みが棚上げになって困るのだろう。

「向こうに着いても、絶対に外へ出てくるなよ」

三井から念を押され、佐和紀は軽く笑い飛ばした。

「いいじゃん。三井さんの交渉術を見てみたいなぁ」

「遊びに行くんじゃねぇし！」

「ちょっ、おまえ……」

運転手が慌てて三井を揺すった。

「御新造《ごしんぞう》さん相手に、その口の利き方はないだろ」

「なんで！　こいつ、単なるチンピラだよ。アニキと寝る以外、なにもしてないだろ」

三井の暴言に、車の中の空気が凍りつく。佐和紀はヒヤヒヤと笑った。

「それ言うと、こいつらが想像するだろ」

「想像する方がどうにかしてる！」

三井は憤慨して声を荒らげた。

「タカシ。おまえ、本当にサキに惚れてないの？」

佐和紀が聞くと、身体をひねって振り返り、低く唸った。

「違う。右も左もわからない女《ガキ》が、男の都合に巻き込まれるのが、俺は一番、ヤなんだ……」

「周平の舎弟やっててよく言うよな」

「いやいや、御新造さん。煽らないでくださいよ」

隣に座る構成員に止められる。三井は不満げにくちびるを尖らせ、佐和紀をじっと見つめてから前へ向き直った。

「そんな、誰でも泡に沈むわけじゃないですから。あれだって、コツがいるんですよ」

泡に沈めるというのは、女をソープランドで働かせるという意味だ。昔から使われている言い方で、要するに合法的に売春をさせるという意味でもある。その上前をはねて稼ぐのも、ヤクザのシノギのひとつだ。

佐和紀の夫・周平も、女の身体を右へ左へと動かして稼いできた女衒《ぜげん》の出だった。

「あいつはさ」

三井が話し始め、佐和紀は耳を傾けた。

「サキは、居場所が欲しいだけのガキなんだよ。まだ女でもなんでもない」

車の中が静まり返った。佐和紀は窓の外を見る。ホステスで食い繋ぎ、流れ暮らしていた頃、同じようなことを言って親切にしてくれた男がいたことを思い出す。

抱きしめてもキスをしても、それ以上はしなかった。佐和紀のことを寂しい少女だと信じていたからだ。本当は知っていたかも知れない。知っていて、知りたくなくて、信じ込んだ振りを続けた。

あの男も、三井と似たことを考えていたのだろう。ガキが女になるのを、ひとりの人間になるのを、じっと待とうとしていた。

窓の向こうを流れる景色が、建物から田んぼに変わり、やがて雑木林を抜けていく。

男の名前は悠護だ。再会して初めて、大滝組のひとり息子だと知った。

「ヤクザの女になってもなぁ……」

佐和紀はぼんやりと口にして、自分のうなじにそっと指を這わせた。


目的地は、フェンスで囲われた資材置き場だ。入り口の鍵は開いていて、中には黒いステーションワゴンが一台、停まっている。

平日だというのに人気がない。

「廃材置き場って感じだから、第二倉庫とか、そういう扱いだな」

佐和紀の隣に座った構成員が身を乗り出す。前に座るふたりへの言葉だ。

ステーションワゴンのそばにはプレハブの小屋が建っていた。窓にカーテンがかかっている。

「ゴロツキの溜まり場だろ。おあつらえ向きだ」

運転手がサイドブレーキを引いて、エンジンを切った。

「俺と御新造さんは、待機しとくから」

と言ったが、佐和紀は平然と外へ出た。素知らぬ顔で、車の反対側から三井のあとを追う。

「だから！　ダメって言っただろ！」

佐和紀を信用していない三井が振り向いたせいで、すぐに咎められてしまう。

「いいじゃん、いいじゃん。ついていくだけ」

おどけて言ってみたが、三井だけでなく、もうひとりにも厳しい表情で拒まれる。佐和紀に対して、ふたりは同じタイミングで首を左右に振った。

「本当に、頼むから……」

三井に腕を摑まれ、車まで引きずられる。抵抗すると、車から降りてきた運転手にも腕を拘束された。とっさに痛む振りをしようと思ったが、視界の隅にちらりと不思議なモノが映って気が削《そ》がれる。

うずくまっているのは生き物だ。イヌにしては大きい。イノシシにしては色が薄い。背中に絵が描いてある。

「あ、ケイタ……」

「はぁ？」

佐和紀の視線を追って振り向いた三井が息を呑んだ。ステーションワゴンの隅でうずくまっているのは、裸のケイタだった。慌てて走り寄ると、全裸なのだとわかった。背中一面に切り傷があり、血が滲んでいる。

殴られたのか、メッタ打ちにされたのか。打撲痕《だぼくこん》も全身に及んでいた。

三井が声をかけると、弱々しい泣き声が返る。意識はあった。

「バスタオル、取ってくる……ッ」

仲間の構成員が車へ走っていく。

「サキはどうした」

三井が聞くと、ケイタはいきなり身体を起こした。とっさに反応したのだろう。背中の痛みに悲鳴をあげ、土の上に突っ伏して悶《もだ》える。

そのとき、二階建てのプレハブから、甲高い女の悲鳴が聞こえた。

誰もがハッと息を呑み、頭上を見あげる。外付け階段の上につけられたドアが大きな音を立てて開いた。体当たりの勢いで飛び出してきた人影が、そのまま階段を踏み外して転がり落ちる。長い髪が宙に舞い、細い手足がはかなげに空気を摑んだ。

「さーきちゃん。逃げんなよ～」

「もっと遊ぼうぜ～」

下卑た笑い声があとを追う。階段をリズミカルに下りてくるのは、ふたりの男だ。ドアからは別の男が顔を出している。

三井がすぐに駆け出した。長い髪をくしゃくしゃに乱したサキを、階段の下で乱暴に引き寄せた。腕に抱き込む。

スレンダーな身体を覆った服は乱れ、ところどころ破け、肌が露出していた。なにがあったのかは、一目瞭然《いちもくりょうぜん》だ。

「なんだ、お迎えか。つまんねぇの」

階段の途中で止まった男がヘラヘラと笑う。ふたりともズボンを引きあげただけで、ファスナーが下がっている。二階から出てきた男に至っては、モノが出たままだ。

「御新造さん……。どうするつもりですか」

佐和紀の肩を掴んだのは、運転手をしていた構成員だ。

無意識に得物を探した佐和紀は、すでに鉄パイプを掴んでいた。もはや習性だ。身体は勝手に動く。

「三井の立場を考えてやってください」

「わかってる」

答えながら、階段へ視線を向けた。泣きじゃくるサキを抱き寄せて、三井がこちらへ歩いてくる。くちびるを真一文字に引き結び、一点を睨み据えていた。

三井の仲間がふたりがかりでケイタを立ちあがらせる。佐和紀も促されたが、三井から目を離せなかった。無事に回収できたのだから報復は放棄するつもりだろう。怒りをこらえた両目が爛々《らんらん》と充血している。

「なに持ってんだよ」

佐和紀が握りしめた鉄パイプを横目で見た。いつものようには笑っていない。くちびるの端がひくひくと震え出し、三井は顔を大きく歪めた。

指が袖を引く。佐和紀は階段を睨み据えた。相手の攻撃に備えてしんがりを務め、みんなが車に乗るまで視線ははずさないつもりだ。

しかし、男たちが追ってくる様子はない。

手すりにもたれたひとりが、声を張りあげた。

「騙《かた》りもいいとこじゃねぇか！　大滝組なんて大嘘だろ！」

すると、他のふたりも調子づく。

「さきちゃ～ん。今度はトモダチ連れておいでよ～」

「迎えに行くからさぁ～。また、キモチイイこと、させてくれよ～」

男たちは一斉にゲラゲラと笑う。いつのまにか、三人が六人に増えていた。

「佐和紀」

行き過ぎた三井がもう一度、袖を掴んできた。今度はぐっと強く引かれる。

「……頼む」

小さな声は震えて聞こえた。軽く握っていた鉄パイプを握り直し、佐和紀はひょいと肩越しに振り向く。ギラギラとした三井の視線が、佐和紀を射抜いた。

「あいつら……、ぶちのめしてくれ」

最後まで聞かず、佐和紀は階段へと視線を戻した。じっと睨みつけたまま、鉄パイプを振るう。先端がステーションワゴンにぶつかり、ガコッと音が鳴った。

「てめぇ！　なにやってんだ！」

男のひとりが怒鳴り散らす。佐和紀は着物の片裾をさばいて翻し、裾をすかさず摑む。そのまま背中あたりの帯に噛ませた。

「バチが当たったんだよ！　てめぇら、まとめて太鼓にしてやるから、かかってこいよ！」

ヘラヘラ笑って、鉄パイプを回しながら階段へ近づく。

立ち回りに下駄は不安定だが、ハンデにはちょうどいい。男たちの怒声が響き、佐和紀はスッと表情を消した。目を真っ赤に血走らせた三井の顔を思い出す。

後輩たちが乱暴された腹いせを佐和紀に頼む男じゃない。三井の中にある過去が、どうしたって、サキの恨みを晴らさずにはいられないのだ。

それが胸に沁《し》みて、鉄パイプが宙を切った。

サキを三井の座る助手席の足元にうずくまらせ、背中をケガしているケイタは後部座席のシートに摑まらせた。構成員が真ん中に座り、佐和紀は来たときと同じく運転席の後ろに座った。車が向かったのは、三井の地元にある個人経営の整備工場だ。すでに話が通してあり、待機していた男女がサキとケイタを病院へ連れていった。

「さっきのって、おまえの同期《ツレ》？」

ガレージに置かれたイスに座り、佐和紀が声をかけたが、三井からの返事はない。長い髪で顔を隠し、離れた場所にうずくまっている。いじいじとコンクリートの床に円を描いていた。構成員のふたりは煙草休憩だ。ガレージの外にいる。

「そうなんですよ」

と答えたのは、佐和紀の手のひらを消毒していた女だ。年の頃は三井と同じぐらいで、佐和紀より若い。細身のパンツを穿《は》き、色の抜けた髪にパーマをあてている。

「他にケガはありませんか？　着物、破れてないといいけど」

あちこち眺めながら立ちあがり、コーヒーを用意しますと言って、ガレージを出ていく。

佐和紀と三井だけが残された。

「タカシ。おーい、たーかしぃ……」

落ち込んでいじけている背中に声をかける。

「たいしたケガじゃないからさー」

攻撃は受けていない。手のひらをケガしたのは、鉄パイプの端がトゲトゲしていたせいだ。傷は小さく、それほどの痛みもない。

「さいっあくだ……。だから、来るなって言ったのに。おまえに頼むなんて、どうかしてる。あー……、もー……むりぃ」

頭を両手で抱えて、長い髪をわしゃわしゃとかき混ぜる。佐和紀はニヤリと笑ってみせた。

「気にすんな、って言ってんだろ。秘密にしとけばいいんだよ。口にしなきゃ、なかったようなもんだろ。……俺の旦那のやり口だ」

「それで済むか、あいつらだって見てんだぞ」

三井が言うところの『あいつら』が煙草休憩を終えて戻ってくる。

うずくまって落ち込む三井に対して、ひとりは同情の表情を見せ、ひとりはからかうように笑った。

「御新造さん、痛み止めはいりますか」

三井に同情した構成員から声をかけられる。佐和紀の隣に座っていた男だ。

「いや、いいよ。それより、おまえら、なんか見たか？」

「え?」

ふたりが同時に振り返る。ケイタの介抱をしていたはずだ。佐和紀が男どもをメッタ打ちにして戻ったときは、唖然としながらも頬を引きつらせていた。『こおろぎ組の狂犬』と呼ばれたのは数年前のことだ。通り名ばかりが先行して、実際の暴れっぷりを目撃したことのある人間は少ない。

「このケガ、いつものチンピラとのケンカだよな。下駄が滑って、手のつきどころが悪かったんだよなぁ」

「え……」

「あ、っと……」

ふたりはそれぞれに声を詰まらせ、視線をさまよわせた。佐和紀はすくりと立ちあがり、三井のそばへ寄る。

気配に気づいて見あげてきた頬を、出し抜けに左手で叩いた。右は、ケガをしている。

「タカシは止めに入ったけど、俺に殴られてあきらめた。……だよな?」

「いま、殴る必要……あった?」

頬を片手で押さえた三井がぼやく。

「ぼんやりしてるからだ」

佐和紀はそっけなく受け流した。ふたりのやりとりを見ていた運転手役の構成員が、首の後ろを掻《か》きながら苦笑を浮かべる。

「俺は……、なんにも見てない、ですね……」

「あ、俺も。見てない」

もうひとりも、顔の横に手を挙げた。

三井はあんぐりと口を開き、がっくりとうなだれる。

「なんかあったんスか。御新造さん、滑ってコケたんですよね？」

運転手役の構成員がニヤニヤ笑う。佐和紀のそばに置いてあるイスを引き寄せた。

人数分のコーヒーが届き、

「ケイタとサキが病院に着いたって」

女がタカシに声をかけた。紙コップのコーヒーを持って、隣へしゃがんだ。

「犯人の顔は見てないってことで通すみたいだから、一休みしたら帰りなよ？」

「サキは？」

顔を伏せた三井の声は重い。佐和紀を巻き込んだことよりも深く落ち込んでいる。

彼女の不幸は、三井のせいじゃない。それでも疼《うず》くのが古傷だ。事情を知っているのだろう女は、三井が受け取らないコーヒーを掴んだまま、丸くなった背中を何度も撫でた。

「相手はひとりだったたって話だよ。そいつは『飛んだ』みたい」

「マジかよ。じゃあ、あいつら……」

三井のつぶやきは、運転手役の構成員が拾った。

「チーム仲間じゃなくて、チンピラ仲間ってところか。女の子を売って、逃げたんだろうな」

「ケイタと同じ組の別ルートから声がかかってたって話だよな」

コーヒーを受け取った三井が、よいしょとかけ声をかけながら起きあがる。腰を屈め、隣にしゃがんでいる女の髪をいたずらに混ぜた。

「あ、ヤだ！　もうっ！」

頰を膨らませた女が立ちあがる。怒るのもそこそこに、三井の顔を覗き込み、気心の知れた笑みを残してガレージを出ていった。

「たもっちゃんに連絡しないと……」

コーヒーを一口飲んだ三井が、携帯電話を入れているポケットを押さえる。女を追うように出入り口へ向かい、

「あ、姐さんのコーヒー、砂糖ふたつ。ミルクはナシで」

仲間の構成員に声をかけた。

「石垣に言うと思う？」

佐和紀はテーブルに肘をつき、ケガをしていない左の手のひらに頰を預けた。三井に代わって砂糖を入れてくれる構成員たちを見る。

「御新造さんはいないことになってますよ」

運転手役が答える。

「じゃあ、俺は、誰といたことになってんの」

「こいつですかね」

指を差された男は、苦々しく顔を歪めながらもうなずいた。

「俺ですね」

「じゃあ、アリバイ作りにメシでも食いに行く？　運動したら、腹が減った」

「ふたりで、じゃないですよね」

身を乗り出すのは運転手役だ。

「一緒でいいよ。タカシも待ってやるか……。どうせ、昔のカノジョだろ」

「でしょうね。十分ぐらいで戻らなかったら声をかけます」

「御新造さん、なにが食べたいですか」

もうひとりの構成員が、携帯電話を片手に身を乗り出す。

「んー。居酒屋かな。安酒が飲みたい」

「……いつもは、補佐とご一緒なんですよね」

運転手役が差し出すコーヒーを受け取り、佐和紀は小首を傾げた。

「あれは忙しいから、それほどご一緒しない。高い店がいいなら、かまわないけど。どうせ、金は『補佐』様がお支払いになるから」

「喉、通らないですよ……」

携帯電話を見ていた構成員が言う。佐和紀はコーヒーを飲みながら肩を揺らした。

「じゃあ、居酒屋からの、高級クラブ経由の……ピンサロ？」

「え？」

「御新造さん、それは……」

あからさまに怯むふたりに、佐和紀はじっとりと目を据わらせた。

「どいつもこいつも、反応が変わんねぇな。言わなきゃ、わかんねぇんだよ」

佐和紀はイライラと足裏でコンクリートを叩いた。下駄が小気味のいいリズムを響かせた。


構成員たちからケガに悪いと諭され、三井にあきらめろと懇願され、酔った佐和紀は不機嫌になった。子どもっぽく頬を膨らませて視線を合わせずにいると、三人は盛大にため息をつき、現場見学だけならと知り合いの風俗店へ連絡を入れる。

四人で行き、四人分の金を払い、ひとりの女の子からプレイに関する説明だけ受けて、店を出た。佐和紀がゴネると思っていたのか、三人はまたたっぷりとため息をつく。

気を悪くした佐和紀は、それぞれを膝で蹴りあげた。

べつに、女の子とイチャイチャしたいわけじゃない。組事務所で話を聞くたび、イメージが摑めずにモヤモヤしていただけだ。

そう言うと、「ですよねー」と乾いた声がみっつ重なる。余計にイラついたが、騒がしく飲んだ酒の楽しさが尾を引いて、機嫌はすぐに直ってしまった。

タクシーで組屋敷まで送られ、右手が不自由じゃないかと心配する三井も一緒に帰らせた。母屋の玄関から入り、渡り廊下を抜けて離れに入る。

周平はまだ不在だ。

手を濡らさないようにシャワーを浴びて、髪を洗う。浴衣を着て手元を見ると、絆創膏《ばんそうこう》のガーゼに血が滲んでいた。調子に乗って酒を飲んだせいで、血の巡りが良くなったらしい。

痛みはなかったが、母屋へ行って部屋住みを捕まえ、痛み止めと化膿《かのう》止めの錠剤をもらう。それから絆創膏の貼《は》り替えも頼む。傷は小さく浅い。鉄パイプの尖りで、少し引っ掻いただけだ。

そうこうしている間に周平が戻り、部屋住みが用意した熱い緑茶を盆に載せて離れへ戻った。周平もシャワーを浴び、湯上がりの浴衣姿で縁側に誘われる。

夜風が心地のいい季節だ。周平が運んだ盆は部屋寄りに置き、佐和紀は隣へと腰かけた。

なにげなく見ると、ごく自然にくちびるが重なる。周平の仕草にふと欲情が差し込み、キスが深くなった。

「飲んできた？」

口の中を探る舌先から逃げると、腰の後ろに腕が回る。

「少しだけだ。できないほどじゃない」

ふざけた答えだが、飲酒の有無は関係ない。泥酔しても機能不全にならないのが周平だ。

「ま、って……」

抱き合うことに不満はないが、せっかくの緑茶を飲みたかった。そう訴えると、あっさり解放される。

「右手、どうした」

気づかれるのは当たり前だ。

「転んだ」

緑茶を飲みながら答える。周平も湯呑みを手にした。

「ケンカか？」

「裏路地のお掃除だよ。足元が悪くて、滑った」

「ふぅん、なるほどな。見せて」

右手首を掴まれる。

「貼り直してもらったばっかりだから」

さりげなく引き戻して、手のひらを見る。絆創膏に血が滲んでいた。しっかり止まってから貼ってもらえばよかったと、佐和紀はいまさらになって思う。ただのかすり傷なら、こんなに血は出ない。

「どれぐらいの傷だ」

「小さいし、浅い。痛くもない」

言いながら拳を握ってみせたが、あまり力は入れられない。

「佐和紀」

周平の手のひらが頬を引いた。顔を向けるように促され、佐和紀は目を伏せる。はかなげに振る舞えば、見逃してくれることもあるからだ。しかし、今夜の周平は酔っていた。まつ毛を震わせながら周平を見た佐和紀は、そのことに気づき、内心で焦る。

普段なら寛容さを示すために見逃してくれることも、酔っているときは追及されてしまう。うまく逃げ切れるかどうかは佐和紀次第だが、苦戦することばかりだ。

眼鏡をはずした周平の指が伸びてきて、佐和紀の眼鏡も奪われる。

裸眼になると景色がぼやけた。でも、手を伸ばせば届く距離は見える。

浴衣をゆるく着付けた周平が近づいてきて、瞳の奥を覗いてくる。手が右肩を掴み、するすると腕を伝い下りる。

「利き手をケガしてくるなんて、珍しい」

「そんなこと……」

ない、と言いかけたが、言葉は喉で詰まった。周平の指が浴衣の袖から出た肘先の内側を撫でたからだ。

「なにで切ったんだ」

「転んだとき……、鉄の階段が……、尖ってて」

居酒屋で作りあげた嘘だった。運転手の男がすべてを仕立て、各自が頭へ叩き込んだ。騙す相手は若頭補佐の岩下だからと必死になったが、酔い任せの遊びに過ぎない。

佐和紀が口を滑らせれば、すべてはあっさりバレてしまう。

それでも、三井や構成員たちの口から漏れるよりはよっぽどいい。

「災難だったな。かわいそうに……」

周平の指が、手首をそっとなぞった。絆創膏の端をゆっくりとなぞっていく。

「しゅう、へい……」

どうしてこの男は、こんなささいなことを、こんなにいやらしくデキるのかと思う。佐和紀は喘ぐように短い息を吸い込み、うつむく周平の目元を見た。凛々しい眉と、端整な目元。鼻筋が通っていて、涼しげだ。

「ん？　くすぐったいか……。血が滲んでるな。化膿止めは飲んだか」

「うん……」

優しくされて、佐和紀の胸はじくじくと疼いた。申し訳ない気分になったが、本当のことは言えない。サキをかばいながら歩いてきた三井の顔を思い出すからだ。

あの表情の理由が、周平にはわかるだろう。だからこそ、言いたくなかった。

真相を聞いてしまったら、三井を見る目が変わるかも知れない。それなら、本人の口から語られるまで忘れていたい。

「なにがあった」

柔らかな声に問われ、佐和紀はふっと息を吐いた。くちびるを開きかけてハッとする。

あやうく、術中に落ちるところだった。

「チンピラにケンカを売られた」

嘘は言っていない。でも、得物を持っていたことは秘密だ。

素手でやり合うよりは安心させるかも知れないが、チンピラと殴り合うだけだからこそ、佐和紀のケンカは見逃されているのだ。遊びの範疇《はんちゅう》を超えたら、余計な心配をかけてしまう。

「売られたから買ってるのか。それとも、自分から売ってもらいに行ってるのか。どっちなんだ。この前の一件もそうだ。中華街でケンカを買いに走っただろう」

船上パーティーへ参加することになったきっかけだ。中華街の路地裏で揉めている人影を見かけて、片方を女だと誤解して止めに入った。人助けは言い訳で、実際は運動がしたかっただけだと見透かされている。

「いや……、その」

佐和紀の視線が泳いだ。答えを間違えたら、行動に制約がかかってしまう。外でのケンカを一切禁じられたら、息が詰まってしかたがない。危険だとわかっていても、実戦でやり合うのが好きなのだ。

「松浦組長のところでは我慢できてたのに、俺のところでは無理なのか」

心の内を読まれ、ますます言葉が出なくなる。

「少しは叱ったほうがいいのかもな。顔をケガしなければいいなんて、思ってないよな？」

「……う、うん」

あからさまなほど、その場しのぎの相槌だ。

「わかってるよ、わかってる……。最近、ちょっと回数が多かったなと、思ってるし……。おとなしく、しないと……。うん……」

「思ってできるなら、してくれ。……なぁ、佐和紀。どうして、下側を切ったんだ。手をついたなら、手のひらの上の方だろ」

話がまた元に戻る。

「忘れた。……忘れたんだって、ほんと」

「そうか。催眠術にかけられて、いろいろ忘れやすくなってるのかも知れないな。あとは、なにを忘れたんだ、うん？」

指先が頬からあご先を伝う。色っぽく見つめられ、佐和紀は思わず視線をそらした。

新婚当初でもないのに、まっすぐな視線の中にある淫靡さがたまらなく恥ずかしい。

「その目、やだ……」

身体の深いところを探られて、本心がすべて引き出されそうになる。

「どうしてだ。俺の下でよがり狂ったことを思い出すからか？」

「……それは、べつに」

忘れていない。

そう思うと、身体の奥に火がつく。絡まるように抱き合って、汗で濡れた肌を押しつければ、佐和紀を見つめる周平の瞳は獰猛《どうもう》になる。優しさに包まれていた本能が首をもたげ、佐和紀の隠している欲望が狙われる瞬間だ。

暴力でなら負けないのに、ベッドの上での体力勝負ではいつも負ける。もちろん布団の上でも変わらない。寝技は断然、周平が有利だ。

「身体に聞いた方が早いだろうな」

佐和紀の腕を引いて立ちあがらせた周平は、どこか楽しげに言った。

「ちょっ……、え……」

寝室まで手を引かれ、佐和紀はパチパチとまばたきを繰り返した。

もうウブじゃない。周平がどんなふうに尋問するかは知っている。

浴衣を剝がれ、他に傷がないか、目視で確認される。そのたびに検査完了のスタンプが押され、みっともないほど大きく開かれた足の付け根にも吸いつかれた。

「んっ、んっ……」

でも、半勃《はんだ》ちになった性器はそのままだ。

背中もキスのスタンプで埋め尽くされ、息があがったところを背中から抱かれた。右肩を下にして、寄り添う形で横臥《おうが》する。背後から手が伸びて、両胸の小さな突起が弾かれた。

「……ん、はっ……ぁ」

じわっと快感が広がり、佐和紀はくちびるを引き結んだ。

さわさわと撫でさすられ、きゅっとつねられる。ちりっとした痛みに身をすくめると、今度は極めて優しくこねられる。

「あ……、ん……ん……ぁ」

性器を愛撫されるのとは違う間接的な気持ちのよさが募り、頭の芯《しん》が甘く痺れていく。

そこだけでも気持ちいいと思ってしまうのは、同時にされる気持ちよさを知っているからだ。後ろの粘膜をこすられたり、性器をしごかれたりするときの刺激が思い出され、内側から溢れ出る心地の良さで腰回りが熱くなる。

「あっ……ぁ」

直接的な刺激を求めた腰が揺れる。後ろにぴったりと寄り添った周平は、下着姿だ。浴衣の帯をほどき、諸肌《もろはだ》脱いだ瞬間を思い出した佐和紀は、自分から尻を押しつけた。もうカチカチに硬くなったものが肉を押し返す。

手を伸ばそうとすると、両乳首をこりこりとこねられ、

「あぁっ！」

甲高い声が出てしまう。佐和紀は思わずタオルケットを摑んだ。

「ダメだ、佐和紀。右手は、そのまま……」

周平の手が拳をほどく。

「あ、あっ……むりっ……んっ」

拳をほどいた指はすぐに胸へと戻り、いっそう愛撫は激しくなる。でも動きはソフトだ。

佐和紀が一番喘いでしまう触り方を周平は知っている。

「んっんっ……あぁ……ぁ。あっ……ん」

猫が甘えているような声が、喉ではなく鼻先からこぼれていく。

「いやらしい声だ……。甘ったるくて、俺の腰にクる」

引いていた腰が押しつけられ、棒のように硬くなったものを布越しに感じた。今夜はどれぐらい育っているのか、いますぐに確かめたくなってしまう。

「あっ、ん……、も、やだ……っ。あ、あ……ぁ」

身をよじって、先に進んでくれと意思表示する。いつもなら手をあてがわせてくれるのに、今夜はまだダメだ。腰が引いていき、追った腰が押しとどめられる。

代わりに、周平は佐和紀の左手を摑んだ。自分の股間ではなく、佐和紀の臀部《でんぶ》へあてがう。

「俺の指がよければ、素直に話せ。なにがあった？　相手はそのあたりのチンピラじゃないだろう」

「……も、いいだろ……。チンピラだよ。どこの誰かなんて知らない」

半分本当で、半分嘘だ。

「こっちのプレイがいいんだな。……そうしよう」

佐和紀は一言も望んでいないが、尻に触れていた手がはずされ、周平が身をわずかに起こした。人差し指と中指の二本を舐めしゃぶられ、同時に片方の乳首もこねられる。

「あぁっ……」

周平の舌先のいやらしさに翻弄《ほんろう》され、身体はビクッと跳ねた。舐められたつもりになった股間のものまで、ぴくぴくと揺れ動く。

「……あ……っ」

「自分の指で、な……？」

もう一度、手が腰裏へ運ばれる。重なった指が場所を教え、そこに触れているのがどちらの指なのか、わからなくなる。周平が自分の指でも唾液を運び、閉じていた穴が撫で回される。濡らされるにつれて、すぼまりは息をするように動いた。

押された先端が、つぷりと中心を割る。

「あっ……っ！」

同時に乳首を揉まれ、横向きに寝そべった佐和紀は、左手を尻にあてがったままでのけぞった。周平の指が佐和紀の指をいっそう押し込む。

「あ、あっ……」

「ほら、佐和紀。オナニーを手伝ってやるから。気持ちのよさそうなところを見せてみろ」

うなじを舐められ、耳裏に息があたる。胸を探る指は、いっそう淫靡に乳首をこねた。

「あぁ……あ、あ、あ……くっ、んっ……」

間断なく続けられる乳首への愛撫に、佐和紀の羞恥《しゅうち》が溶けていく。気持ちよくなることは嫌いじゃない。周平とのセックスは特に好きだ。

他の誰ともヤリたいと思わない代わりに、この男とだけは何度だって繰り返したい。抱き合うたびに快感は色を変え、佐和紀が飽きることはない。特定の相手とのセックスに飽きるなんて信じられないぐらいだ。

「んっ、んー。んっ……はっ、あ……っ」

自分の指を動かして、濡れた内側を掻く。もどかしさが独特の快感を生み、喉の奥で息が震えた。

ごくたまに、周平を想って触れることもある場所だ。そのときはひとりだから恥ずかしくもないが、周平に手伝われると複雑な気分になる。

「ん……や、だ……」

「その割には、指が動いてる。もっと深く……イケるだろ」

周平の太ももが寄り添い、ぐっと押される。乳首をキュッとひねられて息が詰まった。身体がビクビクと震え、全身にじわっと汗が滲む。

「あ、んっ……ん」

刺さった指を抜くと、内壁が狭まりながらついてくる。また周平の膝に押され、出入りの動きを繰り返すたびに声が漏れた。股間で勃起している性器が反り返る。

「あ、あっ……」

ふいに、ぶるぶるっと肌が震えた。佐和紀は目を閉じて、泡のように弾ける快感に息を

ひそめる。

「うっ、ふ……っ、ん……」

「入り口だけでイケるのは、才能だろうな」

「おまえが、した……くせ……に」

せつなさが込みあげて、佐和紀は軽く背をそらした。射精の快感とは違う気持ちよさが、息をするたびに生まれてくる。

すでに快楽を知っている身体は貪欲《どんよく》だ。自分から求めていけば、手に入ることも知っている。こらえることもできたが、強情を張ればつらくなるだけだ。

周平の手管は、不感症を装っても意味がない。

「俺がなにをしたんだ」

低い声は、しっとり濡れて聞こえた。佐和紀の欲情する姿を見て、周平もまた性欲をたぎらせている。

「ん……」

佐和紀が答えずにいると、周平がささやいた。

「乳首と後ろを同時にいじったら、シコらなくても気持ちよくなるように……、俺がおまえを仕込んだって言うのか？」

「ぅ……んっ、んっ……」

うなずいている間も、愛撫は続く。触られ続けた乳首は敏感になって、指がこすれるだけで下腹が脈を打つ。

「違うだろ、佐和紀。おまえの身体が、気持ちよくなるようにできてるんだ。俺は手伝ってるだけじゃないか。おまえがたっぷりイケるように、手を変え品を変え、尽くしてるだろ……？　誰だって、身体はいやらしい。でも、相手が俺じゃないから、こんなには、気持ちよくなれない。だから、おまえはしかたがない。いいんだ、もっと乱れても。……俺の前でだけいやらしく悶えてくれ」

「あっ、あっ……っ！」

佐和紀は身をよじった。指だけでは物足りないと感じながら、小さな快感の渦を捕まえては泡を弾く。身体が熱くなって息が乱れる。腰が前後に揺れて、指が出入りを繰り返した。

「あ、あっ……ん、くっ……っ、い、くっ……いくっ」

足先でシーツを蹴った。背中を周平に押しつけ、耳元にかかる息遣いに悶えた。

胸や後ろへの刺激ではなく、周平と寄り添っていることに欲情が膨れる。

「あぁ、あぁ……あぁぁっ……」

腰回りで膨れあがった悦が、パチンと弾けて、背筋を駆け昇る。佐和紀の脳が痺れ、全身が小刻みに震え始める。息は、か細く乱れた。

大きく息を吸い込むと、もう一度、大きな波がやってくる。

性感帯ではなく頭の中で感じる悦楽は、脳を直接に刺激する。深い幸福感に包まれ、浅く息を繰り返す佐和紀を、周平の腕が抱き寄せた。震えるくちびるを吸われ、佐和紀もついばんだ。

体勢が苦しくなっても、気持ちよくて指がはずせない。

「本当のことを言わないと、今夜は繋がらないからな」

佐和紀を試している周平はどこか悲しげだ。情に訴えかけられ、佐和紀はうっとりと恋人を見つめた。

「……だめ。挿《い》れてくれないと、だめ……。本当のことしか言ってない。……疑うのって、プレイ？」

ふっと目を細めて、まばたきを繰り返す。周平以上に悲しげにすると、佐和紀の胸を抱き寄せた手が下へ降りていく。自分の後ろを探っていた佐和紀の指先が穴から抜け出し、周平を追いかけて絡んだ。

「感じすぎてるから……優しく、触って……」

たっぷりと濡れて蜜《みつ》を垂らした昂ぶりに、ふたりで指を這わせる。

「んっ……」

佐和紀はのけぞり、すぐに手を離す。周平に身体を預けて、持ちあげた手で周平の髪を摑んだ。

「あぁ……っ、して……。触って……」

優しくしてくれと言ったのに、根元を摑む周平の力は強い。佐和紀は小さく悲鳴をあげた。もう出したくなって、腰が揺れる。

「そのまま、やって……。ケガした、お仕置き……、して」

「……逃げるなよ」

肩から回った周平の右手が、佐和紀をぐっと抱き寄せた。左手は初め、やわやわと動いたが、先走りを塗り広げると激しく動き出す。

「あっ、あぁっ！」

佐和紀は叫んだ。挿入することのない場所は刺激に慣れず、頭でイッたあとは敏感すぎるほど感じやすい。いつもは痛いと言って逃げるのをこらえ、胸を抱く周平の手にすがった。

「あ、あっ！」

嬌声《きょうせい》と悲鳴が入り交じり、佐和紀は身悶えた。たっぷりと作られた精液が出口を求めて荒れ狂っている。

飛び出してくる瞬間の衝撃に怯えた佐和紀は、幹をしごく周平の絶妙さにおののく。

我慢はできなかった。周平が聞きたがり、佐和紀は聞かせたくない、動物的なオスの声が出る。

「あっ、くぅ……んんっ、んーっ！」

周平の腕に爪を立てた。

「で、る……っ」

ぐっと全身に力が入り、佐和紀は奥歯を噛む。震える身体をしっかりと抱いた周平が、勢いをつけて手筒を動かした。

「くっ……んっ！」

びゅるっと飛び出した体液が、タパッと落ちる。その最後の一滴まで絞り出した周平が佐和紀を仰向けにした。ティッシュを引き寄せて手のひらを拭き、佐和紀の先端を拭う。

「どこ、飛んだ……？」

「隣のタオルケットだ。若いな」

からかわれて、佐和紀はくちびるを尖らせた。それもすぐにやめて、胸で息を繰り返す。

「苦しかったか」

周平に問われ、視線だけを向けた。強いストロークは得意じゃない。

「……変な声、出た」

感じきった性器を責められると、高い声と低い声が混じってしまう。後ろを突きあげられても同じだが、揺すられてしかたなく出る感じと、後ろの刺激があるからまだいい。前だけを強引にされると、快感がそこに集中してしまい、雄叫《おたけ》びみたいな声が出てしまう。それが嫌いだった。

「いまさら……」

と笑われて、佐和紀はまた拗ねる。たいていの男は声をこらえているんだと以前、周平は言った。それが佐和紀にはできない。息ができなくて窒息死しそうになると言うと、だいたいの男は死にかけていると答えた周平は笑っていた。

「……挿れていいよ？」

手を伸ばした佐和紀は、にやっと笑う。派手にイカされた気恥ずかしさを少しでもごまかしたい一心だ。

「百戦錬磨なのになぁー。恥ずかしいシミが……」

下着の中で斜めになり、無理やり収まっている周平の先端から先走りが滲んでいた。指先でたどっても、周平はされるがままだ。

「舐めようか？」

「いや……、いい」

ふっと浮かべた笑顔が卑猥《ひわい》に歪む。

「まださっきのおまえを味わってるところだ。終わったら抱いてやるから、待ってろ。

「……お仕置きされた理由を反省しろよ？」

釘《くぎ》を刺された佐和紀はよろよろと起きあがり、周平の腹筋の上に伏せった。

「はーい。反省しまーす」

いい加減な口調で答え、周平の下着のゴムを指先で持ちあげる。おとなしく待っていられず、先端を探した。

＊＊＊

喫茶店のソファ席に座った周平が煙草を取り出すと、三井がすかさずライターの火を向けてくる。オフスタイルのふたりの間には、アメリカンコーヒーがふたつ置かれていた。

昼下がりの穏やかな時間だ。店内に流れる歌謡曲に乗って、世間話がさざ波のように聞こえてくる。

「昨日の佐和紀のケガ、理由を説明しろ」

煙を吐き出して言うと、青いカットソーを着た三井はすっとぼけた顔で目を丸くした。

「姐さんから聞いてないですか。いつも通り、街でケンカしたって話で……。すみません。急用が入って、他のヤツに送迎を頼んでしまって」

「……嘘がうまくなったな。まぁ、大半が本当だろうからな」

「なんの話、ですか？」

肩におろした髪が揺れる。

周平は薄手のジャケットの肩を揺らして笑った。三井は不安げに眉をひそめる。

石垣から一通りの報告は受けていた。後輩の不始末で、下部組織と揉めるかも知れないという話だったが、石垣がすでに各方面へ手を回していて、今日の午前中には三井が自分で収束させた。教えた通りの対処方法だ。

「おまえも段取りがうまくなったな」

「石垣から聞いたんですか……。地元の後輩の不始末で、本当にすみません。別の人間に任せた俺が悪いのはわかってます」

「……おまえもお仕置きが必要かもな」

タバコを叩いて灰を落とす。固まりが灰皿へ落ちて崩れる。

周平のつぶやきを聞いた三井は、おとなしく沙汰《さた》を待っていた。

佐和紀を同行させたことは想像がついている。三井が進んで連れていくとは思えないから、佐和紀がなんらかの強硬手段に出たのだろう。そこでチンピラとの乱闘になったことも想像がつく。ふたりで行ったのかどうかも、調べればわかる話だ。

でも、深追いするつもりはなかった。

「佐和紀が全部吐いたとは思わないのか」

微笑みかけると、三井はせわしなくまばたきを繰り返した。

両手を膝の上に置き、姿勢を正している。まるで叱られた小学生だ。

「……悪いのは俺なので。姐さんに疑いかけて、変にこじらせないでください」

真剣に言われ、さすがの周平も不安になった。あらぬ疑いをかけて責めたのだとしたら、昨日の行為は謝罪に値する。酔っぱらいの戯《ざ》れ言だと聞き流して、無実のままで、お仕置きプレイに付き合ったのかも知れなかった。

ぞくりと背筋を震わせた周平は、煙草をくちびるに挟んだ。

まっすぐに三井を見つめる。肩を落としてショゲ返った姿にも偽りは感じられない。

ふたりが秘密にしていることがあるとしても、佐和紀に深刻さはなかった。話しにくいことがあれば雰囲気でわかる。本人が隠していても、憂いは滲み出すからだ。

昨晩も秘密の匂いはしたが、嘘はついていないと頑《かたく》なだった。そして、目の前の三井には、佐和紀が口を割ったのではないかと焦る気配がない。

三井は、佐和紀を信じているのだ。

俺より佐和紀か、と言いかけて、周平は言葉を飲み込んだ。

三井の顔を見ているうちに、自然と腑《ふ》に落ちた。地元の後輩がキーワードなら、ここはもう引くべきだと直感する。

「タカシ。今日はクリームソーダじゃないのか？」

「え？」

うつむいていた顔が、パッと跳ねあがった。あっ、と小さく叫んで顔を歪める。

「嘘をつくときはな、細かいところほどいつも通りにしろよ。ツメが甘い」

「……いや、嘘は……ついてない……です」

声はどんどん小さくなる。

「佐和紀のケガが心配だから、なにでつけた傷なのか、それだけは話してくれ」

「あー、鉄パイプです。その、端で……」

「なるほどな。傷は浅そうだから、痕《あと》も残らないだろう。わかった」

「っていうか、アニキ。俺、一緒に行ったこと自体を黙ってる約束で……っ」

三井が慌てて身を乗り出す。周平は笑いながら、三井のくちびるの前に指を立てた。黙らせて、煙草を揉み消す。

「あー、いたいた」

佐和紀の声がして、三井の肩がビクッと揺れる。花柄のシャツを着た石垣を従え、ギンガムチェックの和服姿で近づいてくる。色を抑えて地味にしているつもりでも、見れば見るほど派手な取り合わせだ。

「なに、その態度……。俺の旦那だぞ。偉そうにデートするなよ」

そう言いながら、佐和紀は三井の肩を押して隣へ座る。

「そちらでいいんですか」

石垣が戸惑ったが、

「顔が見たいから」

佐和紀はさりげなく無邪気だ。むせた三井の肩を叩いて、顔を歪める。ケガした右手を使ってしまったのだ。

「タモッちゃん。アメリカン、どうぞー」

三井が物腰低く、コーヒーカップを押し出した。

「なんでだよ」

不審がる石垣をよそに、クリームソーダを頼む佐和紀の横から、三井も同じものを注文する。

「間違えたんだ。嫌なら、別のものを頼め」

周平が言うと、石垣は肩をすくめながらコーヒーを引き寄せた。

「そういうことなら、いただきます。シンさんも、こっちに向かってますので」

今日はみんなで焼き肉を食べに行く予定だった。佐和紀のケガが早く治るように、スタミナをつけに行くという名目だ。

佐和紀は上機嫌に笑いながら、たいした意味もなく三井を小突いている。

三井が抱えているものを、佐和紀は知らない。おそらく、三井は話さない。言葉に出してしまったら、忘れたつもりのものが噴き出してしまう。

「佐和紀」

周平が呼ぶと、笑顔のままで振り向いた。かすかに小首を傾げる仕草が愛《いと》しい。

「昨日の夜は悪かったな。俺の誤解だった」

出し抜けに言うと、瞳がキラッと光った。淡い欲情だ。卑猥には、なりきらない。

「舎弟の前で、エロいこと言うな」

「昨日の埋め合わせは今夜する。焼き肉で精をつけるから……」

「それ以上つけるな。死んじゃう……」

佐和紀の言い方に、不覚にも石垣がむせた。周平は笑いながら、手拭きのタオルを差し出す。カラッと笑った佐和紀が言った。

「そーいや、三井は出すとき、声が出るって言ってた。タモツは？　射精のときに喘ぐ？」

話に突拍子がなさすぎる。石垣が耐えきれず、通路に向かってコーヒーカップを倒した。中身が流れて、ボタボタと音を立てて落ちる。三井が引き笑いで立ちあがった。

「いまのあれで、すぐにこれかよ！　すみませーん、拭くもの……。あ、シンさん」

到着するなり、石垣にコーヒーをかけられそうになった岡村は、そのまま店の奥へ向かった。スーツこそ着ていないが、グレーのシャツは糊《のり》が利いている。

「悪いのはおまえだよ、佐和紀。そんな話はあとにしろ」

周平が笑いをこらえて言うと、驚いて固まっていた佐和紀がハッと我に返る。

「ごめん、昨日から、そればっかり考えてて」

「他に考えることあるだろ……」

三井が突っ込んだが、話はうやむやだ。おそらく、戻ってきた岡村も同じことを聞かれるだろう。

性的に感じられる相手からの、屈託ない質問ほど恐ろしいものはない。

佐和紀はいつまで経っても、自分が単なるチンピラだと思っている。都合のいいときだけ、フェロモンが出てくると勘違いしているのだ。実際は常にふわふわと流れ出ていて、独特に性的だ。つまり、あどけないのにセクシーで、始末に負えない。

長いため息をついた三井が、佐和紀の肩を叩いた。

「たもっちゃんはな、声出さない派。シンさんも。ふたりとも、『う』って感じ」

「なんで、おまえが答えるんだよ。見てきたように言うなよ、バカが」

石垣が唸ると、三井が胸をそらす。

「なんでだよ、見たことあるし！」

ウェイトレスと一緒に戻ってきた岡村は、話の内容を知らないまま一緒になって床を拭いている。

周平は誰のことも止めなかった。今日は客も少ないし、どうせすぐに店を出る。そしてなによりも、輪の中で楽しそうに笑っている佐和紀を見ていたい。

「っていうか、姐さんは、どんだけ声出すの……。なんなの、雄叫びでもあげんの……」

三井の言葉に、佐和紀の平手が飛ぶ。周平も思わずテーブルの下でスネを蹴った。

「いった……っ！」

身を屈めて足をかばった三井に気づき、佐和紀が周平を見た。石垣は素知らぬ振りで視線をそらし、立ちあがろうとしていた岡村が額をテーブルの角にぶつける。

「雄叫びじゃない……」

佐和紀が唸りながら言い、周平は訳知り顔に深くうなずいた。

「わかってる。違う」

雄叫びではないが、喉に詰まった叫びに似ている。それがエロくていいとは口が裂けても言えない。

喫茶店から逃げ出して、ケガをした右手でチンピラを半殺しにしてくるのが目に見える。それでは、焼き肉に行けないどころか、精をつけてからのあれこれもなくなってしまう。だから、周平は穏やかな笑顔を向けた。佐和紀をなだめて、機嫌を取る。

「行きましょうか」

石垣が席を立った。クリームソーダはキャンセルだ。

額を撫でさすっていた岡村が、片手を腰の裏に回し、佐和紀へ手を差し出した。あまりに当然のような仕草に、手を借りる佐和紀も疑問を抱かない。

佐和紀が立ちあがると、岡村は有能な執事のようにスッと手を引いて後ろへ下がった。

そんなふたりを横目で見た石垣から苛立《いらだ》ちのオーラが滲む。周平はポンポンと肩を叩いてやり、言葉にはせず、ねぎらった。

岡村と石垣がどれほど恋の鞘当《さやあ》てをしようとも、佐和紀は周平のものだ。

立ち止まって待っていれば、引き寄せられるように近づいてくる。そして、小枝で休む小鳥のように肘を摑んでくる。それが佐和紀の定位置だ。今日も変わりはない。

「嘘なんかついてないって、信じてくれた？」

寄り添って腕に摑まった佐和紀が言う。

「あぁ、悪かった」

「よかった」

ふっと穏やかに笑い、店を出たところで耳打ちしてくる。

「今夜は口でして……。あれだと、声が出ないから」

やっぱり無邪気にエロい。

「わかった。そうしよう」

優しく答えてから、そっと髪へ、くちびるを押し当てる。支払いを終えて出てきた三井が、邪魔をしないように逃げていく。

「もう、帰ろうか……」

佐和紀がぼんやりとした声で言い出すと、聞きつけた三井がダッシュで戻ってくる。

「いやいやいや。焼き肉！　行こう！　精をつけたほうがいい。アニキじゃなくて、おまえが。肉食べると、いっぱいザーメン出るぞ！」

バカバカしいことを言い出したが、

「マジで！」

真に受けた佐和紀が声を弾ませる。

「ほんと、ほんと！　ね、シンさん！」

「タモツに振れよ……」

ぐったりとした岡村が、先に歩き出す。タクシーが二台、すでに待っている。

「俺、三井と乗るー」

佐和紀が大きな声で宣言する。岡村も引っ張られた。

「悪いな、タモツ」

残された石垣に声をかけると、朗らかな苦笑が返ってきた。

「そんなこと言わないでくださいよ。嫌じゃないです」

佐和紀が楽しそうであれば、それでいいのはお互い様だ。

「雄叫びの話、ちょっと聞かせてください」

「……言うと思うのか」

周平が笑いを噛み殺すと、石垣はほんの少し肩をすくめた。

日暮れの気配が近づく空は、高く澄んでいる。薄い雲が、上空の風に吹かれて流れていた。

星月夜

真っ暗な夜道を走り抜け、峠を越える。

どこまで行くのかと問わないドライブは、目的地さえ存在しない。

周平のハンドルさばきは、いつも通り静かだった。両足で器用にパッドを踏み分けて、左手でギアを入れ替える。操られたエンジン音が音楽のように聞こえ、佐和紀はバケットシートに深く沈み込む。

馬力のある四輪駆動車は、いつもの青いカブリオレではなく、国産のスポーツカーだ。周平が秘密基地にしているマンションの地下駐車場には、他にもさまざまな車種が揃っている。佐和紀に贈られたランボルギーニも、その中の一台だ。きちんと整備されて、いつでも乗れるようになっている。

ぼんやりと眺める窓の外は、街灯もなく真っ暗で、集落の明かりさえ見えない。やがて、曲がりくねった道の先が開けた。山と山に囲まれた狭い土地が、田んぼになっている。

「休憩するか」

周平の言葉とともに車のスピードが落ちて、道の端で停まる。ライトを消すと、闇に包まれる。エンジン音だけがビートを刻んでいたが、迷惑をかける民家も見当たらなかった。

「あ、すごい」

思わず声が出た。身を乗り出して、フロントグラスの向こうを見つめる。

砂をちりばめたような星空が、見あげるまでもなく、目の前に広がっていた。不思議なことに、暗闇と暗闇に挟まれ、流れ落ちていくように見えた。まるで夜空に透明のジョウゴを置いたような景色だ。

佐和紀がそう言うと、煙草に火をつけた周平も、ハンドルにもたれて外を見た。

「向こうへ細い土地なんだ。両際に山がある」

そう言いながら、指を動かして景色をなぞる。

「今日はきれいに見えると思った」

「……知ってたんだ」

「大昔に偶然見つけたんだ。たどり着けるとは思わなかったな。……外へ出よう」

誘われて、着物姿の佐和紀はそろりとドアを開けた。畦《あぜ》のすぐそばだ。車内灯が届かず、足元は暗くてよく見えない。運転席から回ってきた周平がペンライトを持ち、足元を照らした。

「さっすが……」

用意がいい。思わず褒めながら外へ出る。ドアを閉めて、あたりを見回した。月は、細い三日月だ。山の上に乗っている。月光が弱いおかげで、小さな星の光も消されずに見えていた。

「あぁ、すごい……」

車にもたれて空を見上げた佐和紀は、目を細めた。じっとしていると、星がぐんと近づき、まるで降ってくるように思えた。

「おまえとなら、見られるような気がした」

周平の声に視線を向ける。ペンライトは足元に向いているので、相手の顔はかろうじて見えるぐらいだ。周平のくわえた煙草の火が強くなる。

「変な願掛けはすんなよ？」

軽く睨んで、ざっくりと編んだニットジャケットの袖を引く。煙草を挟んだ周平の手が近づき、肩にもたれるようにして手首を摑む。そのまま、吸いついた。

周平も身を屈め、佐和紀が吐き出す細い煙の中で、吸い口にくちびるをつける。ふぅっと静かに吹き出す白い煙が、佐和紀の吐いた煙と混じり合い、秋空の冷たい風にまぎれていく。周平が携帯灰皿を取り出して、消した煙草を片付ける。佐和紀は自分の帯を探った。吸い足りなくて、お気に入りの『ショートピース』を探した。でも、ケースは車の中だ。

「おいで」

うつむいていた頬に周平の指が触れて、佐和紀はなにも言わずに目を伏せる。どこということもなく自分の肌が震えた気がした。頬を包む周平の手のひらには煙草の匂いが沁みついている。そして、いつもの香水も。

佐和紀のあごをほんのわずかに上げさせて、あとは周平が身を屈めた。車にもたれて、互いのくちびるが触れ合う。口寂しさが満たされ、佐和紀の瞳には星が弾けた。小さな小さなスパークが、くちびるを開かせて、舌先を誘う。

吐息を漏らした佐和紀は、周平の耳朶《じだ》に指を伸ばした。そっと揉んで、視線を交わす。

周平の指が、佐和紀のもう片方の手を握り、互いの指がそっと絡む。

三日月は淡く満天の星も清《さや》かに、刈り取られるのを待つ稲穂が風に揺れた。

あとがき

こんにちは、高月紅葉です。仁義なき嫁シリーズ第二部第七弾『星月夜小話』をお届けします。今回は初の短編集です。

同人誌『bygone days』として発行した過去編三冊を、それぞれタイトルを新たに再録しました。時系列は乱雲編から片恋番外地あたり。結婚二周年（三年目突入）の前後となります。後半書き下ろしの二作は『横濱三美人』のあとです。

『星影のエチュード～15年前～』は、佐和紀と大滝組のひとり息子・悠護との過去。この頃は、悠護にとっても先の見えない大変な時期で、他人の人生を背負って行けるような状態ではありません。静岡を離れるきっかけにしてしまった負い目もあって、美緒を心配しながらも、それほど真剣に探そうとは思っていません。男だとぼんやりわかっていたけど、記憶を都合良く書き換えてますね。

『流星群ラプソディ～10年前～』は、あくたれ周平の過去。佐和紀にとっては、岡崎に憧れ、ほどよく可愛がられて甘えていられた幸せな時期です。

『星のない夜とロンド～5年前～』は、佐和紀と刑事にシリーズ『刑事に甘やかしの邪恋』では想い人を溺愛しまくる攻・田辺の過去。田辺のやってるイジワルは、彼の兄貴分が手本なので、悪いのは周平です（と、弁護しておく）。

『スターダスト・クローム』は、過去編ではなく、佐和紀と三井のバディもの。いつか書きたいと思っていた、ふたりのやりとり。書けて嬉しかったです。三井の秘められた過去は、仁嫁本編『群青編』（同人誌・電子書籍で先行公開）で少し明らかになっています。

前回の『横濱三美人』が番外編みたいな一作でしたから、本来なら本編を刊行するべきだとは思ったのですが、時系列的にタイミングが良く、発行のGOサインもいただけたので優先させていただきました。同人誌発行の番外編はほかにもたっぷりあって、すべて電子書籍として配信しています。

最後になりましたが、この本の出版に関わってくださった方々と、読んでくださっているあなたに、お礼を申し上げます。ありがとうございます。またお会いできますように。

高月紅葉

＊星影のエチュード～15年前～：同人誌「bygone days1」に加筆修正
＊流星群ラプソディ～10年前～：同人誌「bygone days2」に加筆修正
＊星のない夜とロンド～5年前～：同人誌「bygone days3」に加筆修正
＊スターダスト・クローム：書き下ろし
＊星月夜：書き下ろし

ラルーナ文庫

この本を読んでのご意見・ご感想・ファンレターなどお待ちしております。〒111−0036 東京都台東区松が谷1−4−6−303 株式会社シーラボ「ラルーナ文庫編集部」気付でお送りください。

仁義《じんぎ》なき嫁《よめ》　星月夜小話《ほしづきよしょうわ》

2019年8月7日　第1刷発行

著　　者｜高月《こうづき》 紅葉《もみじ》
装丁・DTP｜萩原 七唱
発 行 人｜曺 仁警
発 行 所｜株式会社 シーラボ
〒111-0036　東京都台東区松が谷 1-4-6-303
電話　03-5830-3474／FAX　03-5830-3574
http://lalunabunko.com
発　　売｜株式会社 三交社
〒110-0016　東京都台東区台東 4-20-9　大仙柴田ビル 2 階
電話　03-5826-4424／FAX　03-5826-4425
印刷・製本｜中央精版印刷株式会社

ISBN978-4-8155-3217-8